www.ingramcontent.com/pod-product-compliance
Lightning Source LLC
LaVergne TN
LVHW010842051026
849532LV00007B/2789
* 9 7 8 9 3 6 9 0 8 1 1 7 2 *

منتخب عصری افسانے

(حصہ : 3)

(سہ ماہی 'ثالث' کے خصوصی شمارے سے منتخب خواتین کے افسانے)

مرتب:

اقبال حسن آزاد

Muntakhab Asri Afsane - 3 *(Short Stories Anthology)*
by: Eqbal Hasan Azad
Edition: February '2025
Publisher :
Taemeer Publications LLC (Michigan, USA / Hyderabad, India)

ISBN 978-93-6908-117-2
9 789369 081172

کتاب	:	**منتخب عصری افسانے (حصہ: 3)**
مرتب	:	**اقبال حسن آزاد**
صنف	:	فکشن
ناشر	:	تعمیر پبلی کیشنز (حیدرآباد، انڈیا)
سالِ اشاعت	:	۲۰۲۵ء
صفحات	:	۹۲
سرورق ڈیزائن	:	تعمیر ویب ڈیزائن

فہرست

● **نجمہ محمود**

خالی جھولی

گھنٹے کی آواز کی گونج اور کلاس روم سے جلدی جلدی نکلتی ہوئی لڑکیوں کی ملی جلی آوازوں کے شور میں جب وہ باہر نکلی تو ایک بج رہا تھا۔ اور اُس کے ذہن میں اپنے ننھے بچے ببلو کی تصویر اُبھر رہی تھی۔ آج اس نے کچھ زیادہ ہی اچھا پڑھایا تھا۔ اس بات سے خوش خوش اور اپنے بچے سے پانچ گھنٹے کی جدائی کے خیال سے اُداس اُداس وہ اسٹاف روم میں گپ کرنے کے بجائے سیدھی گیٹ کی طرف چل دی۔

ببلو کھانا کھا کر سو چکا ہوگا اور اب پانچ بجے اُٹھے گا۔ اُس کو مجھے دیکھے ہوئے پورے نو گھنٹے گزر چکے ہوں گے اور پھر مجھے تین سے چھ بجے تک امتحان کی ڈیوٹی کرنے پھر آنا ہے۔ وہ چکرا گئی۔

رکشا تیز کرو بھئی۔'' وہ بوکھلائی ہوئی سی بولی...... ببلو سو گیا ہوگا...... یقیناً سو گیا ہوگا......اور شاہد میرے منتظر ہوں گے۔

''بی بی اس سے بھی تیز چلاؤں گا تو ٹکر ہو جائے گی۔'' رکشے والے نے نسبتاً شرافت سے کہا۔ راستہ میں اس نے رکشہ رکوایا۔'

'یہ پیسے اس بچے کو دے دو'' بچے نے جھپٹ کر سکہ اس کے ہاتھ سے تقریباً چھین لیا۔

''بے چارہ'' ...... کسی بچے کو بھیک مانگتے دیکھ کر وہ نہ جانے کیوں سہم جاتی تھی۔

''بیٹے کیا نام ہے تمھارا؟''

''منگلو...... پیسے مانگتا...... پیٹ کھالی ہے۔'' اس نے قمیض اُٹھا کر پیٹ دکھایا اور اس کے پیر چھونے لگا۔ اس نے بوکھلا کر اپنے پیر ہٹا لیے......

''مائی او مائی کھانا دے دے...... بھوکے ہیں...... مائی او رمائی او......''

رکشا والے نے جھنجھلا کر رکشا چلا دیا۔ لیکن وہ بچہ رکشے کو پیچھے سے پکڑے ہوئے دوڑ رہا تھا۔ اُس نے رکشا رکوایا اور ایک دکان سے بسکٹ خریدے اور بنڈل اُسے تھما دیا۔ جسے پا کر وہ اس طرح سرپٹ بھاگا جیسے وہ بسکٹ کوئی اس سے چھین لے گا۔ ببلو اب سو گیا ہوگا...... یقیناً سو گیا ہوگا۔ اس نے بسکٹ کا ایک پیکٹ ببلو کے لیے بھی لیا اور...... کاش وہ ابھی سویا نہ ہو......رکشا والا کچھ بڑبڑا رہا تھا۔

''کیا کہہ رہے بھئی؟'' وہ تیزی سے رکشہ چلاتے ہوئے بولا۔

''بی بی اب یہ تم کو یونہی روز ملے گا۔''

وہ سنی اَن سنی کر گئی۔ننھا ببلو یقیناً بہت مظلوم ہے۔شکر ہے کہ اسے آیا اچھی ملی ہے کتنا پیار کرتی ہے وہ اُسے،شاید مجھ سے بھی زیادہ.....ٹہلاتی ہے،کھلاتی پلاتی ہے،نہلاتی ہے،سلاتی ہے۔لگتا ہے جیسے وہی اس کی ماں ہوتو پھر میں اُس کی کون ہوں؟ کیا اُسے جنم دے کر میری ذمہ داری ختم ہوگئی ہے۔گویا ایک بوجھ جو اُتر گیا۔ہاں لطیفن ببلو کو اپنے گھر بھی لے جاتی ہے۔ابھی اُسی دن لے گئی تھی تو بہت دیر بعد لائی تھی۔اس وقت تو میں نے بھی سوچا تھا کہ چلو اچھا ہے میں لیکچر کی تیاری کرلوں گی.....لیکن.....بھئی یہ غلط ہے۔اب میں اس سے کہہ دوں گی کہ ببلو کو جلدی لایا کرے.....لیکن سوال یہ ہے کہ جلدی لائے بھی تو کس لئے؟ میں تو اکثر و بیشتر گھر سے باہر رہتی ہوں۔ شاہد اپنے ڈیپارٹمنٹ چلے جاتے ہیں یا پھر گھر پر بھی ہوتے ہیں تو بھی بچے کی دیکھ بھال میں نہ جانے کیوں ایک روایتی قسم کی شرم محسوس کرتے ہیں۔ ہاں اب اُس سے ضرور کہوں گی.....کہوں گی کہ.....لیکن بھئی.....سچ مچ میرا سر پھر گیا ہے،میں بلاوجہ شک میں پڑ کر خود کو اذیت میں ڈال رہی ہوں.....یہ میرا اوہم ہے۔میری عدم موجودگی میں اگر وہ ببلو کا اتنا خیال نہ کرے تو نہ جانے بے چارے بچے کا کیا حال ہو۔مانوس بھی کتنا ہوگیا ہے وہ اُس سے.....میری بھی پروانہیں کرتا ہے۔بے چارہ میرا ننھا سا بچہ.....اس کا دل ٹکڑوں میں بٹنے سا لگا۔

''رکشے والے جلدی چلاؤ بھئی۔''

''بی بی اس سے بھی تیز چلاؤں؟''

''ہاں بہت تیز چلاؤ.....میرا بچہ گھر پر اکیلا ہے.....لیکن آیا تو ہوگی.....شاہد بھی ہوں گے.....ہاں اُس دن نہ جانے کیوں شاہد کہہ رہے تھے کہ ببلو روز بروز دُبلا ہوتا جارہا ہے.....واقعی دُبلا تو بہت ہو رہا ہے.....خیر میری چھٹیاں قریب ہیں،خوب اچھی طرح دیکھ بھال کروں گی۔اُسے ہر وقت اپنے ہی پاس رکھوں گی.....پر ایک بات سمجھ نہیں آتی.....لطیفن یہ کیوں نہیں چاہتی کہ ببلو میرے پاس زیادہ رہے یا مجھ سے مانوس ہو جب بھی میری گود میں ہوتا ہے فوراً آ کر لے لیتی ہے.....''او بھیا! چھوڑو امّاں کا پیچھا۔جائے دیوانھیں پڑھے لکھے کھائن.....''یا پھر کہے گی.....لاؤ دیو ہمکا.....''اور ببلو بھی تو میری گود چھوڑ کر اس کے پاس چلا جاتا ہے۔آخر کیوں؟.....ماں ہو کر بھی میں ماں نہیں لگتی۔سب کہتے ہیں.....''بچہ لطیفن پر بہت ہلا ہوا ہے،ماں کو پوچھتا تک نہیں.....''اونہہ بھئی.....میں کن بے کار باتوں میں الجھ گئی۔اے بھئی یہی کیا کم ہے کہ وہ بچے کو اتنا زیادہ خیال رکھتی ہے۔اور پھر خود کتنی صاف ستھری رہتی ہے اور بچے کو بھی صاف رکھتی ہے۔اپنے گھر بھی لے جاتی ہے تو اس کے کپڑے لے جاتی ہے۔کہتی ہے گھر پر کھیلتے کھیلتے گندا ہو جاتا ہے تو میں اسے نہلا دُھلا کر لاتی ہوں ورنہ رستہ میں لوگ دیکھ کر کیا کہیں گے کہ شاہد کا بچہ اتنا گندا رہتا ہے۔واقعی اگر لطیفن جیسی آیا نہ ملتی تو سروس کرنا میرے بس میں

نہ تھا۔ میں کتنی بدھو ہوں جو اتنی محبت کرنے والی، تمیز دار عورت کے سلسلے میں ایسی باتیں سوچتی ہوں۔

سوچ کے دھارے رُکے تو سامنے گھر کا دروازہ تھا۔ شاہد خاصے بوکھلائے ہوئے سے برآمدے میں بیٹھے تھے...... بولے۔

''لطیفن کو گئے پورے چار گھنٹے ہو چکے ہیں پتہ نہیں کہاں لے جاتی ہے...... بھئی مجھے یہ عورت......'' اور وہ بُری طرح گھبرا گئی۔

''یہ تو اس نے روز کا ہی دستور بنالیا ہے...... اچھا میں ابھی آئی۔'' یہ کہتی ہوئی وہ جلدی سے باہر نکلی اور لطیفن کے گھر کا رُخ کیا جو خاصی دوری پر تھا۔ وہاں پہنچ کر اسے معلوم ہوا کہ وہ وہاں نہیں ہے۔ اُس کے گھر والے بے شک کافی گھبرائے ہوئے معلوم ہو رہے تھے۔ اور جب وہ وہاں سے نکلی تو اسے سمتوں کا اندازہ ہی نہ رہا...... نہ جانے کدھر جا رہی تھی...... خون اُس کی رگوں میں جم سا رہا تھا۔ سڑک پر بھاگتی رہی نہ جانے کتنی دیر...... رکشا لینے کا بھی اُسے ہوش نہ تھا۔ اور ایک جگہ وہ ٹھٹک سی گئی۔ سامنے ایک بچہ پھٹے ہوئے میلے چکٹ کپڑے پہنے ہاتھ میں بڑا سا پیالہ لیے دوڑ رہا تھا ہر راہ گیر کے پیچھے......

''اے بابو پیسہ دے دے نا...... دو دن کے بھوکے ہیں...... اے بابو......'' وہ ایک صاحب کے پیچھے دوڑ رہا تھا۔ اس کا چہرہ دھول میں اَٹا ہوا تھا اس لیے اُسے پہچاننا ذرا مشکل تھا۔ لیکن اتنا زیادہ بھی نہ تھا۔ اُس کے ساتھ ایک عورت بھی تھی جس کے ہاتھ میں بھی ایک پیالہ تھا اور ہر راہ گیر کے پیچھے دیوانہ وار بھاگتی تھی۔ اس کے پیالے میں چند سکّے تھے اور بچے کے پیالے میں بھی......'' مائی...... او مائی...... وہ اس کی طرف پلٹا اور اس کے پیر چھونے لگا وہ کانپ گئی۔

اور پھر اس نے خود پر قابو پایا...... بڑے پُرسکون انداز میں آگے بڑھی اور ایک سکّہ اس نے بچے کے پیالے میں ڈال دیا...... اس لیے کہ اب اس کے پاس اُس کو دینے کے لیے یہی سکّہ تھا...... اور...... جھولی خالی تھی......!

یہ بچہ اس کا اپنا ببلو تھا...... اور لطیفن وہاں سے غائب ہو چکی تھی۔

اور روٹھا روٹھا سا ننھا ببلو بھیک کا پیالہ لئے ہوئے ''مائی او مائی'' کہتا ہوا بھاگ گیا اور نہ جانے کدھر بھیڑ میں گم ہو گیا۔

◀◀ ● ▶▶

● **ڈاکٹر صادقہ نواب سحر**

بوڑھی پڑوسن کا موبائل

جلدی جلدی برقعہ پہن کر اور چہرے پر نقاب لگا کر فائزہ نے جیسے ہی گھر سے باہر قدم رکھا، اس کی نظر اپنے بیٹے پر پڑی۔ دو سال کا عدیل اپنے دائیں پیر میں چمکیلا اور چلتے وقت چوں چوں کرتے ہوئے روشنی دینے والا جوتا پہنے ماں کے ساتھ باہر جانے کے لیے تیار کھڑا تھا۔ اپنے ننگے پیر سے وہ زمین پر پڑی ہوئی مٹّی کو ادھر ادھر پھیلا کر اِس کھیل کا لطف لے رہا تھا۔

''ارے! آپ کا بائیں پیر کا جوتا کہاں گیا؟''

''گر گیا۔'' عدیل نے پلکیں جھپکائیں۔

''اندر گرا دیا؟ اُف! ایک تو دیر ہو رہی ہے۔ اس پر......'' فائزہ کو اس کی معصومیت پر پیار بھی آرہا تھا اور چڑ بھی۔ اس نے بڑبڑا کر دروازے پر پڑے تالے کو ہاتھ لگا کر بولی۔

''جوتا اندر چھوڑ آئے بابو!''

''نہیں، اسکوٹر پر پھینک دیا۔''

''اسکوٹر پر کیوں پھینکا؟''

''اسکوٹر گندا ہے۔ چھی!''

''اسکوٹر بدرنگ اور ٹوٹا پھوٹا ہے!! بڑا آیا نزاکت والا! جیب تو فضول چیزوں سے بھری رہتی ہے۔''

گرنار اپارٹمینٹ کے پیچھے کسی کا خالی پلاٹ پڑا ہوا تھا۔ جس میں اب گیراج کا کام ہوتا تھا۔ درختوں کی ٹہنیوں میں ٹائر لٹکے ہوئے ہوتے تھے۔ ایک پھٹا پرانا صوفہ سیٹ اور پلاسٹک بھی پڑی ہوئی تھی۔ یہاں سے دن بھر اسکوٹر اور موٹر سائکلیں مرمت کرنے کی آوازیں آتی رہتی تھیں۔ فائزہ کو یہ آوازیں پسند نہیں تھیں مگر ہال کی یہ بالکنی عدیل کو بہت پسند تھی۔ اکثر اپنے کھلونوں کے ساتھ یہاں بیٹھا رہتا تھا۔ سامان بھی گراتا رہتا۔

فائزہ نے جھٹ عدیل کے دائیں پیر کا اکلوتا جوتا دروازے کے ساتھ لگے شُو رَیک پر پھینک دیا، ریک میں رکھا ہوا ایک جوڑی جوتا ہاتھ میں اٹھا لیا اور عدیل کو گود میں اٹھا کر لفٹ کی جانب لپکی۔

''سنو بیٹا۔'' ایک بوڑھی آواز نے فائزہ کو پلٹنے پر مجبور کیا، ''بیٹا ذرا ایک فون لگا دو۔''

فائزہ کا پہلی منزل پر دوسرا فلیٹ تھا۔ پہلے فلیٹ کے مکینوں نے فائزہ کے گھر کی دیوار تک لوہے کی گرِل لگا لی تھی۔ اس طرح یہ لوگ رات کو تالا لگا کر اپنے گھر کی حفاظت کا بندوبست بھی کر لیتے تھے۔ ان کے فلیٹ کے سامنے کی دیوار بھی لوہے کے جنگلے سے محفوظ تھی۔ ''سنو بیٹا'' خاتون نے دوبارہ آواز دی۔

''آپ؟''

''میں اس گھر کے مالک کی ماں ہوں۔'' فائزہ نے پچھلے تین برسوں میں پہلی بار اس درمیانی مانگ، کھچڑی بال، گلابی ہونٹ، معمولی قد وقامت اور گورے رنگ کی بزرگ خاتون کو دیکھا تھا۔ اس کے کان زیور سے خالی تھے مگر وہ کلائیوں میں سونے کی ایک ایک چوڑی پہنے ہوئے تھی۔ اس کا لباس سیدھا سادہ تھا۔ وہ پنجابیوں کے انداز میں سفید شلوار قمیص پہنے ہوئے تھی، جس پر ہلکے بھورے رنگ کے چھوٹے چھوٹے پھول بنے ہوئے تھے۔ اسے بغور دیکھتے ہوئے دیکھ کر خاتون نے سر پر پڑے دوپٹے کو کانوں کے پیچھے اڑس لیا، دوپٹے کا ایک پلہ سر کے پچھلے حصے میں ڈال کر سینے کو ڈھکتا ہوا دوسرا پلہ بائیں کندھے سے پیٹھ کے پیچھے ٹھیک کیا۔ اس کا جھرّیوں بھرا جسم اس کے کم از کم پچاسی سال کا ہونے کی گواہی دے رہا تھا۔ فائزہ نے اب تک تو اس گھر کے ریٹائرڈ تحصیلدار، ان کی بیوی، ان کے ایک بیٹے، ایک بیٹا اور اُن کے پریواروں کو ہی دیکھا تھا۔

''بیٹا، ذرا ایک نمبر لگا دو۔''

''سب کہاں ہیں؟'' فائزہ نے پوچھا۔

''پوتڑ بہو بچے کے پیدائش کے سلسلے میں یہاں آئی تھی۔ وہ بچے کو لے کر دوبئی لوٹ رہی ہے۔ وہ سب انھیں ایئر پورٹ چھوڑنے گئے ہیں۔''

''آپ گھر میں اکیلی ہیں؟''

''اب تک کام والی تھی۔ اب وہ پڑوس کی گلی میں میری چھوٹی بہو کے گھر کام کرنے گئی ہے۔ بیٹے کی بہو جا رہی تھی اس لیے میں یہاں آ گئی تھی۔ میں یہاں نہیں رہتی۔ چھوٹی بہو کے گھر رہتی ہوں۔''

''بہو کا یا بیٹے کا گھر؟''

وہ چپ رہی۔

''یہ میری چھوٹی بہو کا نمبر ہے۔'' وہ فائزہ کو ایک پیپر دیتے ہوئے بولی ''اس کو بولو کہ کام والی سے کام ہو جائے تو بائی کو میرے پاس بھیج دے۔''

فائزہ نے فون ملایا اور کہا، ''وہ فون اٹھا نہیں رہی ہیں۔''

''اچھا!'' بڑی بی نے کچھ سوچتے ہوئے جواب دیا، ''بچوں کو اسکول چھوڑنے گئی ہوگی۔''

''ہو سکتا ہے۔'' فائزہ نے بس جواب دے دیا۔

''مجھے گھبراہٹ ہو رہی ہے......آپ رک سکیں گی کیا؟'' اس نے اپنے دوپٹے کے کنارے سے پیشانی کا پسینہ پونچھا اور اچانک فائزہ سے پوچھا ''اس منزلے پر کوئی نہیں ہے؟ فلیٹ نمبر تین پر تالا پڑا ہے۔''

''اب مجھے جانا ہوگا۔'' فائزہ ہمدردی کے چکّر میں کلاس مِس کرنا نہیں چاہتی تھی۔

''تھوڑا سا ٹھہر جاؤ۔''

''اچھا!''، فائزہ نے ایک لمحہ سوچا ''اچھا، بس دس منٹ ٹھہر سکتی ہوں۔''

''آؤ بیٹھ جاؤ۔'' پڑوسن نے جھٹ گرل کا گیٹ کھولا اور سامنے پڑی اکلوتی پلاسٹک کی سفید کرسی کی جانب اشارہ کیا۔

''آپ بیٹھیے۔'' فائزہ جھجکی۔

''میں ایک اور کرسی لے آتی ہوں۔''

''میں لے آؤں؟'' فائزہ کو بڑی بی پر رحم آ رہا تھا۔

''رہنے دو۔ چلو اندر چل کر بیٹھتے ہیں۔''

دونوں ہال کے صوفے پر بیٹھ گئیں۔ فائزہ نے نقاب الٹ دیا۔ بڑی بی فلیٹ کے اندر سے ایک ہوا بند ڈبہ لے آئی اور اس میں سے چار نائس بسکٹس نکال کر عدیل کے ہاتھ میں تھما دیا۔ بچہ جلدی سے ماں کی گود سے اتر گیا اور وہیں ایک گوشے میں بیٹھ کر وہاں پڑے ہوئے کھلونوں سے کھیلنے لگا۔

''گیارہ بج کر دس منٹ!'' فائزہ نے اپنے موبائل میں وقت دیکھ کر پڑوسن کی جانب نظر ڈالی۔

''میں بارہ بجے تک لوٹ آؤں گی۔''

''کہاں جاؤ گی؟''

''میرا قرآن فہمی کا کلاس ہے۔'' بڑی بی چپ ہو گئی۔

''شاباش! جیتی رہو! قرآن کو سمجھ کر پڑھنا تو بڑی اچھی بات ہے۔ بلکہ ہمیں اسے اپنی زندگی میں اتارنا چاہیے۔''

''جی۔ میں چلوں؟''

بڑی بی کے چہرے پر مایوسی کی لہریں تھیں۔

''ایک کام کرتے ہیں۔ تحصیلدار صاحب کو فون لگاتے ہیں۔'' فائزہ نے مشورہ دیا۔

''میرے خیال سے وہ لوگ پہنچتے ہی ہوں گے۔'' وہ ٹیلی فون ڈائری میں بیٹے کے نام کا صفحہ نکالنے لگیں۔

''یہ نمبر ہے میرے بیٹے کا۔'' وہ اطمینان سے بولیں۔

فائزہ اپنے موبائل پر لگاتار تحصیلدار صاحب کا نمبر لگانے کی کوشش کر رہی تھی۔

''تین بار لگایا۔ تینوں بار 'نو رپلائی' آیا ہے۔ شاید وہ اجنبی نمبر اٹھاتے نہ ہوں!'' فائزہ کی بات سن کر بڑی بی زبردستی مسکرائیں۔

''گھر کا لینڈ لائن نمبر بند کروا دیا ہے۔ آج کل سب کے ہاتھوں میں موبائل فون ہیں نا!''

''آپ کے پاس موبائل ہوگا!'' فائزہ نے پوچھا۔

''ہاں میرے پاس ہے نا! چارج کرنے کے لئے رکھا ہوا ہے۔'' خلافِ توقع جواب ملا۔

''ایسا کیجیے، آپ اپنے نمبر سے لگائیے۔''

وہ صوفے کے پیچھے کھڑکی کا پردہ سرکا کر اپنا موبائل اٹھا لائی اور نمبر ملانے کی کوشش کرنے لگی۔

''فون نہیں لگ رہا ہے بیٹا۔''

''ٹھیک ہے۔ میں اپنے فون سے نمبر لگانے کی دوبارہ کوشش کرتی ہوں۔'' فائزہ نے کوشش جاری رکھی تھی کہ اتنے میں ایک فون آ گیا۔

''آپ کون؟'' اس نے پوچھا۔

''میرے بیٹے کا فون!'' بڑی بی نے بچوں جیسی خوشی کے ساتھ کہا۔

''جی جی'' فائزہ نے فون بڑی بی کی طرف بڑھا دیا۔

''ہاں بیٹا! میں بول رہی ہوں، امّاں! بہو چلی گئی کیا؟...... جاتے وقت میں اس کو کچھ دینا بھول گئی تھی۔ میری طرف سے اس کے بابو کو دو سو روپئے دے دینا۔'' فائزہ کے موبائل سے باتیں کرتے کرتے بڑی بی فلیٹ کے دروازے کے باہر گرل تک پہنچ گئی۔

''سنو بیٹا! مجھے گھبراہٹ ہو رہی تھی۔ گھر میں پڑوسن بیٹھی ہے۔ میں باہر آ کر بات کر رہی ہوں۔'' خاتون نے کہا۔

دو منٹ بعد لوٹ کر خاتون نے فائزہ کو اس کا موبائل لوٹا دیا۔ فائزہ نے موبائل بیگ میں رکھا۔ بچے کے ہاتھ کے کھلونے دوبارہ ان کی جگہ رکھ دیے، بچے کو گود میں اٹھا لیا۔ اس اور بولی، ''سوا گیارہ بج چکے ہیں۔ مجھے جانا ہوگا۔''

''دیر ہوئی! جاؤ جاؤ۔ شکریہ۔'' بڑی بی نے فون لوٹاتے ہوئے کہا۔ فائزہ تیزی سے لفٹ کی جانب بڑھی۔

''تم تھوڑا رک نہیں سکتیں کیا بیٹا؟'' پیچھے سے خاتون کی آواز لگائی۔

''نہیں اب میں نہیں رک پاؤں گی۔'' فائزہ نے نرم لہجے میں جواب دیا۔

وہ خاموشی سے نیچے اتر آئی۔اپارٹمینٹس کے کمپاؤنڈ سے روڈ کے بائیں طرف مڑنے تک گرل کی جالی سے جھانکتی ہوئی آنکھیں اسے بے چین کررہی تھیں۔فائزہ کے فون کی گھنٹی دوبارہ بجی۔

''میں تحصیلدار صاحب کی بیوی بول رہی ہوں۔ذرااماں سے بات کرائیے۔''

''معاف کیجیے۔ابھی میں بلڈنگ سے باہرآچکی ہوں بلکہ گلی سے باہر رویندر بھارتی اسکول سے بھی آگے نکل چکی ہوں۔'' فائزہ نے جھٹ کہا۔

''کوئی بات نہیں۔''

''مجھے کلاس کے لئے لیٹ ہورہا تھا۔''

''ہم تھوڑی دیر میں گھر پہنچ رہے ہیں۔دس منٹ سے زیادہ نہیں لگیں گے۔''

''میں اب تک ان کے ساتھ ٹھہری ہوئی تھی۔''

''دراصل میری دیورانی بچوں کو ٹفن دینے چلی گئی تھی۔اچھا اللہ حافظ۔جزاک اللہ خیر۔'' فون بند کرکے فائزہ نے کندھے اچکائے اور اپنے آپ سے بولی،''مجھے یہ سب کیوں بتارہی ہیں؟ پتہ نہیں!''

کلاس اٹینڈ کرکے فائزہ ساڑھے بارہ بجے گھر لوٹی۔عدیل کو پاس کھڑا کرکے تالہ کھولتے ہوئے اس نے کنکھیوں سے جائزہ لیا۔پڑوس کے گھر میں چھل پہل تھی۔ گرل کی کنڈی لگی ہوئی تھی۔گرل کے پیچھے سے دو شفیق آنکھیں جھانکتی سی محسوس ہوئیں۔جیسے شکریہ ادا کررہی ہوں۔

سردی بڑھ رہی تھی۔عدیل نے اپنے نئے نئے تیز اور نوکیلے دانتوں سے اپنے سویٹر میں جگہ جگہ سوراخ کردیے تھے۔فائزہ نے شوہر سے سویٹر کے لیے اون کے گولے منگوائے تھے۔

''تم ایسا کروکہ جلدی سے نیچے اتر کر اون لے جاؤ۔میں بہت جلدی میں ہوں۔''

''ٹھیک ہے۔'' شوہر کا فون آتے ہی فائزہ جلدی سے بلڈنگ سے نیچے اترآئی۔

''امی! گارڈن!'' عدیل نے ماں کی گود سے آواز لگائی۔باپ کو عدیل پر پیار آیا بولے،''بیٹا، مجھے ایک فارین کلائینٹ سے ملنے جانا ہے۔فائزہ تم چلی جاؤ۔میں تمھیں نہرو گارڈن پر ڈراپ کردیتا ہوں۔ رکشا سے لوٹ جانا۔مجھے دیر ہوجائے گی۔'' فائزہ کار میں بیٹھ گئی۔

''اچھا سنو!'' شوہر نے ذرا رک کر کہا، میں ہی چھ بجے گارڈن سے تم دونوں کو لے لوں گا۔'' رکشہ سے مت لوٹنا۔''

''بیٹا!'' واپسی میں لفٹ سے نکلتے ہی فائزہ کو بڑی بی کی آواز سنائی دی۔اس نے جھٹ دیکھا۔ وہاں کوئی نہیں تھا۔

پڑوسیوں کے سیفٹی ڈور پر تالہ تھا۔کھانا کھاتے ہوئے اس نے شوہر سے پوچھا،''تحصیلدار

صاحب کی ماں دکھائی نہیں دیتیں نا!''

''ارے میں تمھیں بتانا بھول گیا۔ان کی والدہ کا انتقال ہو گیا۔''

''انا للہ وانا الیہ راجعون''، فائزہ نے جھرجھری لی، ''کب ہوا یہ؟''

''اپنی بلڈنگ کے واٹس ایپ گروپ پر خبر تھی۔آج چوتھا دن ہے۔''

''پڑوس میں میت ہوئی۔خبر نہیں ہوئی!!''

''انتقال ان کے اپنے گھر میں ہوا تھا۔''

''اپنا گھر!''

''ہاں وہ اپنے گھر میں چھوٹے بیٹے کے ساتھ رہتی تھیں۔''

''آج چوتھا دن ہے!یعنی انتقال اسی دن جب وہ مجھ سے ملی تھیں!!''، وہ لرز گئی تھی، ''اسی لیے وہ اتنی بے چین تھیں۔''

''تحصیلدار صاحب کے گھر پُرسے کے لیے جانا چاہیے۔'' شوہر نے کہا۔

''ضرور ہو آیئے۔'' فائزہ بولی۔

''نہیں، تم بھی چلنا۔''

''او کے'' شوہر نے فائزہ کی لرزتی آواز کو محسوس کیا۔

پڑوسیوں کے سیفٹی ڈور پر تالا پڑا ہوا تھا۔ایک ہفتہ بعد شوہر نے پڑوسیوں کا سیفٹی ڈور کھلا دیکھ کر پوچھا، ''چلیں ان کے گھر؟''

''نہیں رہنے دیجیے۔'' فائزہ نے کہا۔

''کیوں؟''

''مجھے وہ گرل اچھی نہیں لگتی۔'' فائزہ نظریں جھکائے ہوئے بولی۔

''پینٹنگ کروانے کو کہوں؟'' شوہر بادلِ ناخواستہ مسکرائے۔

''وہ بات نہیں۔'' وہ دھیرے سے بولی۔

''......'' شوہر خاموش تھا مگر اس کی نگاہیں منتظر تھیں۔

'' مجھے اس کی جالیوں میں سے بڑی بی کی آنکھیں دکھائی دیتی ہیں۔'' فائزہ نے اپنی گھنی پلکیں اٹھائیں۔اس کی آنکھوں میں اداسی کے سائے تھے۔

''ایسے نہ کہو۔تحصیلدار صاحب ابھی ابھی مغرب کی نماز سے لوٹے ہیں۔چلو مل آتے ہیں۔''

وہ بادل ناخواستہ بچے کے بال سنوار کر شوہر کے ساتھ گھر سے باہر نکل آئی۔

پڑوس کے سیفٹی ڈور پر لگی گھنٹی عدیل نے بجادی اور جھٹ باپ کی گود سے نیچے اتر گیا۔

''ارے ارے! کیا کر رہے ہو؟''، باپ نے اسے اپنی جانب کھینچا،''یہاں آؤ! یہ کچرے سے کیا نکال لیا؟''

''نئیں، میرا ہے۔''

''تمہارا کیسے ہوگیا؟''

باپ نے اسے دوبارہ گود میں اٹھاتے ہوئے کہا،''گھٹیا چیزیں منہ میں لے کر اسے چوستے ہو! پھینکو اِسے۔''

تبھی دروازہ کھلا۔

''السلام علیکم تحصیلدار صاحب۔''

''وعلیکم السلام۔آیئے۔''

''لے لیجیے، دروازے کے باہر پڑا تھا۔ بچے نے اٹھالیا۔''

''میرا ہے۔''عدیل نے ہاتھ کھینچ لیا۔

''تمہارا کیسے ہے! دے دو۔ انکل کا ہے۔'' عدیل رونے لگا۔

''ارے یہ تو پچھلے سال پانی میں گر کر خراب ہوگیا تھا۔اب بچوں کا کھلونا ہے بس۔''، تحصیلدار صاحب نے پیار سے کہا،''تمھیں چاہئے کیا؟ لو بیٹا تم رکھ لو۔ لے لو بیٹا۔''

''ذرا ادرک کی چائے بنالو۔ سر درد ہو رہا ہے۔''گھر میں داخل ہوتے ہی شوہر نے چائے مانگی۔

''تھوڑی دیر سے بناؤں؟''فائزہ کی غیر ہوتی حالت دیکھ کر شوہر اسے دونوں ہاتھوں سے تھام لیا۔

''امی! امی آپ یہ لے لیں۔لیں نا!''عدیل نے اپنی امی کو تھام کر اپنا کھلونا ماں کے ہاتھ میں تھما دیا۔

''فون نہیں لگ رہا ہے بیٹا۔''فائزہ کے کانوں نے بوڑھی آواز کی سرگوشی سنی۔

''ہاں یاد آیا!''، فائزہ نے اچانک شوہر کی جانب دیکھا اور بولی،''یہ موبائل اس دن بڑی بی کے ہاتھ میں تھا۔''اس نے موبائل عدیل کے ہاتھ میں دے دیا۔

◄◄ ● ►►

● **رینو بہل**

دو نیناں

قاضی گنج جانے کی میری ضد سے نیل پریشان ضرور تھا مگر میرا عزم دیکھ کر حیرت کے ساتھ ساتھ اُسے خوشی بھی ہوئی تھی۔ انسان جب زندگی کا طویل سفر طے کر آخری پڑاؤ کی جانب رُخ کرتا ہے تو ماضی کی یادیں سائے کی طرح اُس کے اردگرد منڈلاتی رہتی ہیں۔ ماضی کا خوش گوار موسم اکثر ہلکی سی خلش ہلکی سی ٹیس ہلکی سی چبھن بھی ساتھ لاتا ہے۔ سُنبل ایسی خوشبو تھی جس کا ذکر میرے دل کو شادمانی کے ساتھ ساتھ درد میں لپیٹ لیتا۔ میری چھوٹی بہن پریتی کی سہلی جو مجھے پریتی کی طرح ہی عزیز تھی اور جسے میں نے ننی کلی سے خوبصورت پھول بن کر کھلتے، مہکتے اور اس کے وجود کی خوشبو سے سب کو تر بتر ہوتے دیکھا اور پھر کئی سال بعد جب اچانک قاضی گنج میں دوبارہ اتفاقاً اس سے ملاقات ہوئی تو وہی پھول کملا چکا تھا مرجھائی پنکھڑیاں ٹوٹ کے بکھر رہی تھیں۔ اُسے دوبارہ دیکھنے، اُس سے ملنے کی خواہش کو میں دبا نہ سکی۔

کار جس رفتار سے منزل کی طرف بڑھ رہی تھی اُس سے بھی کہیں تیز رفتار میرا ذہن ماضی کا سفر طے کر رہا تھا۔ نیل کا میرے ساتھ ہونا یا نہ ہونا میرے لیے کوئی معنی نہیں رکھتا تھا۔ میں آنکھیں موندے سیٹ کی پشت پر سر ٹکائے ماضی کے سفر میں تھی اور نیل سوچ رہا ہوگا بوڑھی ماں تھک کر سوگئی ہے۔ اُسے کیا معلوم کہ پُرسکون رکھنے والا چہرہ کن کن راستوں سے گزر رہا ہے۔

میری دادی ہمیشہ کہا کرتی تھی کہ لڑکی کی شکل نہیں قسمت خوبصورت ہونی چاہیے۔ اُس وقت لگتا تھا کہ جسم کی خوبصورتی ہی سب کچھ ہے۔ سُنبل ہمارے پڑوس میں ہی رہتی تھی۔ لاہور کے کھاتے پیتے گھروں میں اُن کے خاندان کا شمار ہوتا تھا۔ پریتی کی دوست ہونے کی وجہ سے ہمارے گھر اُس کا آنا جانا لگا رہتا۔ بچپن سے ہی بڑی شوخ، چنچل، نرم رو، نرم خو، نرم گفتار، مسکراتی تو پھول جھڑتے کھلکھلا کر ہنستی تو جلترنگ بج اُٹھتے۔ پورے آب و تاب کے ساتھ اُس کی جوانی نے انگڑائی لی تو نہ جانے کتنوں کے دل اُسے دیکھتے ہی دھڑک اُٹھے۔ اُن میں سے ایک دل میرے اکلوتے بھائی کا بھی تھا جو اُس کی کالی کجراری آنکھوں میں ڈوبنے کو بے تاب تھا۔ اُس کی کھلی رنگت، کالی گھنی سیاہ زلفوں اور بھرے بھرے لبوں نے اُسے دیوانہ بنا رکھا تھا۔ میں بھی چاہتی تھی کہ یہ پھول ہمارے آنگن میں کھلے مگر اُس کے ماں باپ کو لاہور کے بڑے تاجر کے گھر سے اُن کے اکلوتے بیٹے کا رشتہ آیا تو

انہوں نے باقی سب کونظرانداز کردیا۔سولہ سال کی کچی عمر میں ہی ہاتھ پیلے کر کے رخصت کر ماں باپ نے سُکھ کی سانس لی۔ابھی ہاتھوں کی مہندی کا رنگ پھیکا بھی نہیں پڑا تھا کہ ماں باپ کو بیٹی کے چہرے کے اُڑے رنگ نے پریشان کردیا۔مہینے میں ہی اُس کے شوہر کیلاش نے اپنا اصلی رنگ دکھا دیا تھا۔رئیس اکلوتے وارث کے ہر بگڑتے رنگ کھل کر سامنے آ گئے تھے۔عیاشی کے جراثیم اس کے اندر اس قدر پیوست ہو چکے تھے کہ معصوم، پارسا، خاندانی،خوبصورت،نوخیز کلی سی بیوی کی خوبیاں بھی اُسے شراب اور بازاری حسن کے رس مین ڈوبنے سے نہ روک سکیں۔بیوی کے آنسو،ماں باپ کا غصہ،ساس سُسر کی دھمکی سب بے اثر ثابت ہوئے۔کم سنی اور کم علمی بھی کبھی کبھی حوصلے پست کر دیتی ہے۔اُس نے بھی اِسے اپنا نصیب مان کر ہتھیار ڈال دئے۔واپسی کے سبھی راستے خود بند کر لئے جب اُسے علم ہوا کہ اس کے پاؤں بھاری ہیں۔نئی سی اُمید کی کرن پھوٹی تھی کہ تقسیم ملک کے سانحہ نے زندگی کا پانسا ہی اُلٹ دیا۔قتل وغارت،عصمت دری،لوٹ پاٹ،آگ زنی نے سب تباہ کردیا۔بھراپُرا گھر چھوڑ نقدی اور زیور سمیٹ کنبے کے ہمراہ وہاں سے نکل پڑے۔ہندوستان پہنچتے پہنچتے دس میں سے صرف تین افراد رہ گئے باقی راستے میں ہی ہلاک ہو گئے۔اس کی پہلی اولاد کا جنم رفیوجی کیمپ میں ہوا۔

دوسروں کی طرح وہ بھی زندگی کو پٹری پر لانے کی جدوجہد میں لگ گئے۔پرتھوی کا تبادلہ قاضی گنج ہوا تو اتفاقاً سنبل سے ملاقات ہوگئی۔مجھے پہچانتے ہی کھِل اُٹھی۔اچانک اُسے سامنے دیکھ کر لگا کہ جیسے میرا کھویا ہوا خزانہ مل گیا ہو۔زبردستی ضد کر کے گھر لے گئی۔گھر میں قدم رکھتے ہی اُس کی زندگی کی پست حالی دیکھ کر دل میں ہوک اُٹھی۔محلوں میں رہنے والی کیسی زندگی جینے کو مجبور تھی۔چھوٹے چھوٹے تین کمروں کا گھر باہر بڑا سا دالان اور اُس کے بیچ و بیچ آم کا پیڑ جس کے نیچے تخت اور کرسیاں بچھی ہوئی تھیں۔بچوں کی ریل پیل سے چھوٹا سا گھر بھراپُرا لگ رہا تھا۔چائے کے دوران اُس نے بتایا کہ کیلاش نے کئی طرح کے کاروبار شروع کئے کئی بند کئے۔نا تو اُسے کسی کام کا تجربہ تھا اور نہ ہی اُسے محنت کی عادت تھی۔پیسہ دھیرے دھیرے ختم ہونے لگا زیور دھیرے دھیرے بکتے گئے۔آمدنی کم سے کم ہوتی گئی اور کھانے والے افراد ہر سال بڑھتے گئے۔بازاری عورتوں کا سلسلہ تو ختم ہو گیا مگر شراب کی لت نہ چھوٹی۔سولہ سال کی عمر میں شادی ہوئی اور پہلی اولاد سترہ سال کی عمر میں ہی گود میں آ گئی۔اور تیس سال کی عمر تک پہنچتے پہنچتے اُس نے کوکھ کی دس فصلیں کاٹ دیں۔جس میں سے پانچ بچ گئے اور پانچ ضائع ہو گئے۔گیارھویں فصل کا بیج بو چکا تھا جب کہ ڈاکٹر نے سختی سے منع کیا تھا کہ کمزوری اتنی ہے کہ اگر پھر حمل ہوا تو جان کا خطرہ ہو سکتا ہے۔پھول سا بدن سوکھے پتے کی طرح مُرجھا گیا تھا۔زرد چہرہ چیخ چیخ کر بتا رہا تھا کہ بدن کا خون نچوڑ دیا گیا ہے۔میں نے جب اپنائیت اور حق سے ڈانٹ کر سمجھانے کے لہجے میں بات کی تو اُس کی آنکھیں برس پڑیں۔

”میں اس دوزخ میں جلتے جلتے تھک چکی ہوں۔اسے ناغہ کی عادت نہیں۔اُن چار دنوں میں

بھی نہیں جب ہمارے یہاں رسوئی میں جانا معیوب ہوتا ہے۔'' یہ سُنتے ہی میری آنکھیں بھی مچل اُٹھیں۔ دیمک کی طرح وہ اُسے چاٹتا رہا اور اُس کے جسم کو کھوکھلا کر ڈالا۔

عورت کے جسم پر مرد جبراً حکومت تو کرسکتا ہے مگر دل کے دروازے جبراً کھول نہیں سکتا۔ دس بچے جن کر بھی دِل کورا کنوارا ہی رہا۔

سُنبل کے گھر سے واپس آ کر بچوں کی ریل پیل، اُن کا رونا، اُن کا چلانا، لڑنا جھگڑنا کانوں میں دیر تک گونجتا رہا اور اپنا آنگن ویران اور زیادہ سُونا لگنے لگا۔ اب میرا زیادہ وقت سُنبل کے گھر گزرنے لگا۔ پرتھوی کے دفتر جانے کے بعد گھر کا کام نپٹا کر بچوں کے لیے ہر روز کچھ نئی کھانے پینے کی چیز بنا کر لے جاتی۔ اُس کے ساتھ چھوٹے چھوٹے کام نپٹا دیتی۔ اُس کے لاکھ منع کرنے کے باوجود میں اُس کی ایک نہ سُنتی۔ سارا دن سکھ دُکھ بانٹتے بچوں کی دیکھ بھال کرتے کیسے گزر جاتا، پتا ہی نہ چلتا۔ دیپک اور چراغ پڑھائی میں بہت تیز تھے۔ پرتھوی نے اپنا رسوخ استعمال کر کے دونوں کی فیس معاف کروا دی اور باقی چھوٹے دونوں بیٹوں چمن اور کنچو کی فیس کا ذمہ اپنے سر لے لیا۔ مالک نے ایک ہی بیٹی دی اور وہ بھی سیدھی یعنی غائب الدماغ۔ نام تو اُس کا لتیکا رکھا تھا مگر لتیکا کو للّی بننے میں دیر نہ لگی۔ سُنبل سارا دن گھر کے کاموں اور بچوں میں اُلجھی رہتی، اُسے فرصت کہاں ملتی بچوں کی پڑھائی دیکھنے کی یا پھر للّی کا علاج کرانے کی۔ للّی کی ذمہ داری میں نے لے لی۔ پرتھوی کے ساتھ جا کر ڈاکٹر کو دکھایا، کئی طرح کے ٹیسٹ ہوئے اور نتیجہ صفر نکلا۔ پیدائش سے ہی اُس کا دماغ کمزور تھا اچھی طرح ڈیولپ نہیں ہوا جس کا کوئی علاج نہ تھا۔ کیلاش پنساری کی دُکان کرتا تھا۔ صبح نکل جاتا اور دیر رات لڑکھڑاتا ہوا گھر لوٹتا۔ جب تک گھر آتا بچے سو چکے ہوتے اور جب اُس کی صبح ہوتی بچے اسکول جا چکے ہوتے۔ پیٹ کی آگ بجھتے ہی جسم کی آگ جاگ اُٹھتی۔ سارا دن کولھو کے بیل کی طرح پستی رہتی رات بوٹیاں نچواتی اور صبح پھر چکی کے پاٹوں میں پسنے کو تیار ہو جاتی۔

اِدھر گیارھویں فصل پک کر کٹنے کے کگار پر تھی کہ اُس رات کیلاش لڑکھڑاتے قدموں سے خود نہیں آیا بلکہ چار لوگ اُسے کاندھوں پر اُٹھا کر لائے۔ نشے میں دُھت بہکتے قدموں سے اندھیرے میں چلا آ رہا تھا کہ کسی تیز رفتار گاڑی نے اُسے اپنی چپیٹ میں لے لیا۔ مجھے ڈر تھا یہ جو مصیبتوں کا نیا پہاڑ ٹوٹا ہے وہ اُسے چکنا چُور نہ کر دے مگر میرے اندیشوں کے برخلاف وہ ٹوٹ کر بکھری نہیں بلکہ اور زیادہ مضبوط ہو گئی۔ اُس کے چہرے پر نہ شکن تھی نہ بیزاری صرف افسردگی۔ فکر تھی تو بچوں کی پرورش کی۔ ویسے بھی دُکھوں کے علاوہ دیا ہی کیا تھا اُس نے جو اُسے رو کر یاد کرتی۔ بچوں کا پیٹ بھرنے کی فکر تو اُسے اس کے جیتے جی بھی ستاتی تھی یہ کون سا نیا مسئلہ تھا اُس کے گزر جانے کے بعد چمن کا پڑھائی میں دل نہیں لگتا تھا۔ اُس نے سکول کے بجائے باپ کی دکان پر جانا شروع کر دیا۔ سُنبل نے جو زیور کیلاش سے چھپا کر رکھے تھے وہ بازار میں

فروخت کر دیے اور پرتھوی نے اپنے بینک سے قرضہ دلوا کر جان پہچان کے ٹھیکدار کو مکان کی اوپری دومنزلیں تیار کرنے کو دے دیں تا کہ وہ کرائے پر دی جا سکے اور آمدنی کا کوئی ذریعہ بن سکے۔ دیپک اور چراغ کو وظیفہ لگ گیا تھا اس لیے سُنبل چاہتی تھی کہ اُس کے دونوں لائق بیٹے اپنی پڑھائی جاری رکھیں بہت سی اُمیدیں اُن سے وابستہ تھیں۔ کیلاش کے گزر جانے کے ایک مہینے بعد اُس کی آخری اولاد نے اس دنیا میں قدم رکھا۔ ذہنی اور جسمانی طور پر وہ اتنی کمزور ہو چکی تھی کہ اُسے اس کے حال پر چھوڑا نہیں جا سکتا تھا۔ پرتھوی سے اجازت لے کر گیارہ دن میں اُس کے گھر اُس کے پاس رہی۔ ماں اور بچہ دونوں کمزوری کے شکار۔ ماں کی چھاتیاں سُوکھ چکی تھیں اور بچے کا پیٹ بھرتا نہ تھا۔ سارا دن رُوں رُوں کرتا۔ ماں کے کانوں تک اُس کے رونے کی آواز نہ پہنچتی۔ اُس کی طرف پیٹھ کر کے لیٹی رہتی۔

بھائی کے رونے کی آواز سُن کر لِلّی اُسے گود میں اُٹھا کر باہر لے جاتی۔ گھر کے کاموں میں بھی وہ میرا پورا ہاتھ بٹاتی۔ سبھی لڑکے اپنی ماں کو بے پناہ چاہتے تھے اُسے کسی طرح کی تکلیف نہ دیتے اور اُسے خوش رکھنے کی بھرپور کوشش کرتے۔ دیپک نے پڑھائی کے ساتھ ساتھ ٹیوشن لینی شروع کر دی تھیں۔ اپنی ذمہ داریوں کا احساس تھا اُنہیں۔ پرتھوی سے ہر وہ مسئلے پر شورہ کر لیتے جو شاید کبھی انہوں نے اپنے باپ سے نا کیا ہو۔ کمزور سے نوارد بچے کو چھوٹو چھوٹو کہہ کر پکارنے لگے تو میں نے سُنبل سے کہا:

''یہ بھی بھلا کوئی نام ہے۔ بچے کا کوئی اچھا سا نام رکھو تم تو بے چارے کی طرف دیکھتی ہی نہیں۔''

''بدنصیب کیسا رہے گا؟''

''بدنصیب؟ یہ نام ہے بھلا؟'' مجھے غصہ آ گیا۔

''بدنصیب نہیں تو اور کیا ہے؟ کیا ضرورت تھی ایسے میری زندگی میں آنے کی۔ خود مر گیا اور میرے سر ایک اور بلا ڈال گیا۔''

بچے کو پیچھے دھکیلتے ہوئے کسیلا منہ بنا کر اُس نے کہا۔

میں نے پیار سے اُسے اٹھا کر سینے سے لگا لیا۔

''تمہیں قدر نہیں اولاد کی۔ کیا قیمت ہوتی ہیں ان کی یہ مجھ جیسی سے پوچھو۔'' آنسو آنکھوں میں ضبط کر کے میں کمرے سے نکل آئی۔

وہ دوبارہ اپنی گھر گرہستی کا ذمہ سنبھالنے کے قابل ہوئی تو میں واپس اپنے گھر لوٹ آئی۔ ایک روز بینک سے آ کر پرتھوی نے بتایا کہ ہمیں صبح ہی نکلنا ہوگا۔ ماں بہت بیمار ہیں۔ صبح نکلنے سے پہلے کچھ رقم اور رقعہ سُنبل کے نام اپنے گھر کام کرنے والی بائی کو اِسے پہنچانے کو دے دیا۔

گئے تو پانچ دن کے لیے تھے ماں کو دیکھنے مگر لوٹتے لوٹتے بیس دن لگ گئے۔ ہمارے پہنچنے سے

پہلے ہی ماں نے دم توڑ دیا تھا۔

قاضی گنج واپس پہنچنے کی جب سُنبل کو خبر ملی تو وہ دیپک کے ہمراہ افسوس کرنے چلی آئی۔ گلے ملتے ہی رونے لگی۔

''آپ شہر میں نہیں تھیں تو لگا میں پھر سے یتیم ہوگئی۔''

''ایسا کیوں کہتی ہو؟ تمہارے جوان بیٹے تمہارے ساتھ ہیں۔ بچوں کے پاس ہوتے مائیں کیسے یتیم ہوسکتی ہیں؟''

باتوں باتوں میں اُس نے بتایا کہ چھوٹو کا بخار کئی روز سے اُتر نہیں رہا۔ ڈاکٹرز نے کچھ ٹیسٹ لکھ کر دئے ہیں وہ ایک دو روز میں کروانے ہیں۔ اُسے ڈر تھا کہ کہیں وہ بچہ بھی لِلّی کی طرح غائب الدماغ نہ نکلے۔

''دو کھوٹے سکّے تو پہلے ہی نصیب میں لکھے گئے ہیں اب یہ بھی......''

''اب دوسرا کھوٹا سکّہ کون ہے؟'' میں نے حیرت سے پوچھا

''کنچو......اور کون؟ پھر سے فیل ہوگیا ہے۔ سارا دن محلے کے لڑکوں کے ساتھ کھیل کُود موج مستی اور کچھ نہیں۔''

''بچہ ہے ابھی'' میں نے غصہ ٹھنڈا کرنے کے لیے کہا۔

''بچہ؟ شیطان کہو شیطان۔ پڑھائی میں نہ کام میں کہیں دماغ نہیں چلتا بس شرارتیں اور کھیل چاہیے۔''

دو روز بعد جب چھوٹو کو دیکھا تو وہ پہلے سے بھی زیادہ مریل ہو چکا تھا۔ گھر کے آنگن میں تخت پر اکیلے پڑا ایسے رو رہا تھا جیسے لاوارث ہو۔ میری گود میں آتے ہی خاموش ہوگیا۔ بڑے دنوں سے جو بات میرے دل میں تھی وہ میں نے سُنبل سے کہہ دی۔

''مجھے لگتا ہے اسے میں اپنے ساتھ گھر لے جاؤں۔ یہ تم سے پلنے والا نہیں۔ تُم تو مار ہی ڈالو گی اسے۔''

''نیکی اور پوچھ پوچھ۔ میں نے خود سوچ رہی تھی کہ اس کی ذمہ داری آپ ہی لے لو۔''

اتنی جلدی اس جواب کی مجھے اُمید نہیں تھی۔

''سچ کہہ رہی ہو؟ لے جاؤں؟ دوبارہ مانگو گی تو نہیں؟''

''آج سے ابھی یہ تمہارا ہوا۔ میں کبھی نہ اس کا ذکر کروں گیا اور نہ ہی تقاضا۔''

بے یقینی میں مَیں اُسے دیکھتی ہی رہ گئی۔ بن مانگے موتی میری جھولی میں اُس نے ڈال دئے تھے۔ اُسے میری محرومیوں کا احساس تھا۔ میرے سُونے پن میرے درد سے وہ آشنا تھی شاید اسی لیے اُس نے اپنے جگر کا ٹکڑا مجھے سونپتے ہوئے ایک بار بھی نہ سوچا۔ میرے لیے وہ گوہر نایاب تھا۔ سینے سے چپکائے میں اُسے اپنے گھر لے آئی۔ پرتھوی نے کچھ کہنا چاہا مگر میں نے اُن کے ہونٹوں پر پیار سے انگلی رکھ دی۔

میری نم آنکھوں کی التجا نے خاموشی سے اُسے قبول کرلیا۔ اُسی دن گود میں اٹھاتے ہوئے اُنہوں نے کہا تھا:
''آج سے اس کا نام نیل ہے۔ نیلما کا نیل۔ اب خوش؟'' میں خوشی سے جھوم اٹھی۔ چھ ماہ بعد پرتھوی کی ترقی کے ساتھ تبادلے کے آڈر بھی آ گئے۔ تب تک نیل کی شکل وصورت اور صحت میں کافی سُدھار آ چکا تھا۔ خود سُنبل اُسے دیکھ کر حیران ہوئی تھی کہ یہ وہی چھوٹو ہے جو سارا دن رُوں رُوں کرتا رہتا تھا۔ قاضی گنج چھوڑنے کا ملال جتنا ہمیں تھا اُس سے کہیں زیادہ سُنبل کو۔ ایک گہرا اٹوٹ رشتہ بن گیا تھا ہم دونوں میں اور نیل وہ کڑی تھی جس نے ہمیں مضبوطی سے جوڑ دیا تھا۔ سُنبل کی وجہ سے ہی میری بے رنگ زندگی میں ممتا کے سبھی رنگ بھر گئے تھے۔ قرض دار ہوگئی تھی اُس کی اس مہربانی کی جو شاید اس جنم میں کبھی نہ چُکا پاؤں۔

قاضی گنج چھوڑنے کے بعد بھی رابطہ نہیں چھوٹا۔ دیپک امریکہ چلا گیا اور پھر چراغ کو بھی بُلا لیا۔ بچوں کے سنہرے مستقبل کے لیے سُنبل نے دل پر پتھر رکھ لیا۔ چمن نے باپ کی دکان سنبھال لی تھی اور بیاہ کے بعد الگ رہنے لگا تھا۔ للّی کی شادی ادھیڑ عمر کے آدمی سے کی تو ضرور مگر اگلے ہی روز وہ واپس آ گئی اور ضد پکڑ لی کہ واپس اُس بوڑھے کے پاس نہیں جائے گی۔

نیل کی شادی میں اُنہیں بلایا مگر کوئی آیا بھی نہیں اور نہ ہی کوئی خبر۔ پھر پرتھوی کے گزر جانے کے بعد میں نے سب سے واسطہ توڑ لیا خود کو گھر کی چار دیواری میں قید کرلیا۔ نا تو کبھی نیل کو سُنبل کے بارے میں اصلیت بتانے کی خواہش محسوس ہوئی اور نہ ضرورت۔ سچ تو یہ ہے کہ میں خود بھی یہ بھول گئی کہ اُس نے میری کوکھ سے جنم نہیں لیا۔ نیل نے جب قاضی گنج جانے کی بات کی تو سارے بندھ ٹوٹ گئے۔ سُنبل سے ملنے کو دل تڑپ اٹھا۔ نہیں جانتی کہ وہ کس حال میں ہوگی۔ ہوگی بھی یا نہیں؟

نیل نے ایک دو بار مجھے اُٹھانا چاہا مگر میں آنکھیں موند کر بیٹھی رہی جیسے گہری نیند میں سوئی ہوں۔ کار رُکی تو میرے خیالوں کا سلسلہ بھی ٹوٹا۔ کار سے اُتر کر ٹانگے سیدھی کیں، کھانا کھایا اور سفر پھر شروع ہو گیا۔ راستے میں نیل باتیں کرتا رہا۔ سُنبل موسی اور اُس کے پریوار کے بارے پوچھتا رہا۔

ہمارے ہوٹل پہنچنے سے پہلے ہی کالج کے کچھ لوگ نیل کے استقبال کے لیے وہاں موجود تھے۔ فریش ہو کر وہ اُن کے ساتھ نکل گیا اور ڈرائیور کو ہدایت دے دی کہ دو گھنٹے بعد بعد مجھے بتائے ہوئے پتہ پر لے جائے۔ کام سے فارغ ہو کر وہ ہوٹل پہنچ جائے گا۔ سفر کی تھکان اُتار کر گھنٹے بعد ہی میں جانے کو تیار ہو گئی۔ تحفے تو میں ساتھ لے کر آئی تھی پھر مٹھائی اور پھل راستے سے خرید لیے۔ گاڑی جن راستوں سے ہو کر نکل رہی تھی سب کچھ نیا لگ رہا تھا کچھ بھی تو جانا پہچانا نہیں تھا۔ تین دہائیوں میں قاضی گنج نے بھی خوب ترقی کی تھی۔ سڑکیں کشادہ ہوگئی تھیں، عمارتیں اونچی اور ہر طرف لہلہاتے ہرے بھرے درخت۔ گلی میں پہنچتے ہی مجھے مکان پہچاننے میں دقت نہیں ہوئی حالانکہ آس پاس کے سبھی مکان نئی طرز کے بن چکے تھے مگر وہ ویسے کا

ویسا ہی تھا۔ گھر کے اندر داخل ہونے سے پہلے ہی اُن کے حالات کا مجھے اندازہ ہو گیا تھا۔ دروازہ للّی نے کھولا۔ بچپن میں دیکھا تھا پھر بھی پہچاننے میں ایک پل نہ لگا۔ ادھیڑ عمر کی دُبلی پتلی، سیاہ وسفید بالوں کی آمیزش، وہی چھوٹی چھوٹی آنکھیں، ماں جیسا تیکھا ناک اور باپ جیسا چوڑا دہانہ، خشک ہونٹ گندمی رنگت، حیرت سے دیکھتے ہوئے پہچاننے کی کوشش کرتے میرے بولنے کا انتظار کرتی ہوئی منہ تکنے لگی۔

''لگتا ہے للّی نے اپنی موسی کو پہچانا نہیں؟''

''نیلما موسی؟ آپ نیلما موسی ہیں نا؟''

تپاک سے آگے بڑھ کر میرے گلے لگ گئی۔ پھر ہاتھ پکڑ کر دروازے کے اندر لے آئی۔ دالان میں آم کے پیڑ کے نیچے تخت اور کرسیاں اُسی طرح بچھی ہوئی تھیں۔ ڈرائیور سامان رکھ کر باہر چلا گیا۔

''سُنبل کدھر ہے؟ اس سے کہو میں آئی ہوں۔'' کرُسی پر بیٹھتے ہی لگی تھی اُس نے کہا:

''ماں ادھر نہیں آسکتیں آپ کو اندر جانا ہوگا۔'' کمرے کی جانب بڑھتے ہوئے اُس نے کہا۔

''کیوں؟ سب ٹھیک تو ہے نا؟'' میں نے تعجب سے پوچھا پھر اُٹھ کر کمرے کی طرف بڑھ گئی۔

''کنچو دیکھ ماں سے ملنے کون آیا ہے؟ نیلما موسی آئی ہیں۔'' معصوم بچے کی طرح وہ چہک کر بولی۔ کمرے میں داخل ہوتے ہی مجھے میرے سوال کا جواب مل گیا۔

چھ فٹ کا جوان کنچو کمزور بوڑھی ماں کو گود میں اٹھائے بستر پر بٹھانے کی کوشش کر رہا تھا۔ میری طرف دیکھ کر اُس نے مسکرا کر کہا:

''پرنام موسی!''

''جیتے رہو۔''

تکیئے کا سہارا دے کر ماں کو بٹھا دیا تو میں سُنبل کی طرف تپاک سے بڑھی مگر وہ اجنبیوں کی طرح ویران نظروں سے مجھے تکنے لگی۔

''ماں پہچانتی نہیں کسی کو۔'' کنچو نے میرے پاؤں چھوتے ہوئے کہا۔ سُنبل کے پاس بستر پر اُس کا ہاتھ پکڑ کر بیٹھ گئی۔ ہڈیوں کا ڈھانچہ ہوگئی ہے۔ بالوں میں چاندی چمکنے لگی ہے، چہرہ جھُریوں سے بھر گیا ہے۔ رنگ زرد، آنکھیں ویران، اپنی عمر سے زیادہ بوڑھی لگنے لگی ہے۔ میں اُن آنکھوں میں اپنائیت تلاش کرتی رہی اور وہ اجنبی کی طرح دونوں ہاتھ جوڑتے ہوئے پوپلے منہ سے دھیمی نرم آواز میں بولی:

''کھانا کھا کر جانا۔''

اُس کے دونوں ہاتھ پکڑ کر میں بچوں کی طرح پھوٹ پھوٹ کر رونے لگی۔ ضبط کے سارے بند ٹوٹ گئے۔ کنچو نے میرے کاندھے پر ہاتھ رکھ کر تسلی دیتے ہوئے کہا:

''اگر آپ اس طرح دل چھوڑنے لگی تو ہمیں حوصلہ کون دے گا؟''لِلّی نے پانی کا گلاس مجھے تھماتے ہوئے اپنے دوپٹے سے میری آنکھیں پونچھی تو میں نے خود کوسنبھالتے ہوئے مسکرانے کی کوشش کی۔

پھر میرے پوچھنے پر کنچو نے بتایا کہ پچھلے پانچ سالوں سے ماں کی یہ حالت ہے۔ ان کی یادداشت ختم ہو چکی ہے۔کسی کو نہیں پہچانتی سوائے ہم دونوں کے۔دو چار جملوں کے علاوہ کچھ نہیں بولتی۔ بستر سے لگ گئی ہیں۔اپنا کوئی بھی کام نہیں کر پاتیں۔نہلانا، دھلانا،کھلانا پلانا سب وہ ہی کرتے ہیں۔علاج چل رہا ہےمگراُمید کی روشنی نظرنہیں آتی۔وہ(Alzheimer)الزیمر کی شکار ہیں۔

''پہلے ہم اس کے بچے تھےاوراب یہ ہماری بیٹی بن گئی ہے۔'' کنچو نے پھیکی سی مسکراہٹ چہرے پر پھیرتے ہوئے کہا۔

لِلّی چائے بنا کرلے آئی تو مجھے چائے کی پیالی تھمانے کے بعدلِلّی نے ماں کوچمچ سے پھونک مار مار کر ٹھنڈی کر کے بچوں کی طرح پلانا شروع کردی۔پاس رکھے نیپکن سے منہ پونچھتی جاتی اور چائے پلاتی جاتی۔

کنچو نے پوچھنے پر بتایا دیپک اور چراغ صرف ایک مرتبہ ہی آئے تھے۔دونوں نے وہیں گھر بسائے ہیں۔فون پر ماں کا حال پوچھ لیتے ہیں اور کبھی کبھی پیسے بھی بھیج دیتے ہیں۔خود وہ فیکٹری میں ملازمت کرتا ہے۔ چمن کے بیوی بچے کبھی نہیں آئے البتہ وہ ملنے آتا رہتا ہےاور جب ماں اُسے نہیں پہچانتی اور ہم دونوں کو نام سے پکارتی ہے تو غصّے سے پھرکبھی نہ آنے کا کہہ کر چلا جاتا ہے۔تھوڑے دن گزرنے کے بعد پھر آجاتا ہے۔

''تم نے شادی نہیں کی؟''

''اچھا ہے نا نہیں کی۔کی ہوتی تو ان دونوں کا کیا ہوتا؟''مسکرا کر اُس نے جواب دیا۔اتنی مشکلوں میں بھی پُرسکون رہنااور مسکرا کر حالات کا مقابلہ کرنا یقیناً یہ سلیقہ اُس نے اپنی ماں سے سیکھا ہے۔

''کنچو!''سُنبل نے آواز لگائی۔

'لیٹنا ہے؟''ماں کی طرف بڑھتے ہوئے اُس نے کہا۔

ماں کو گود میں اٹھا کر دوبارہ بستر پر لٹا دیا۔وہ بے حس لیٹی لیٹی چھت کی طرف ٹکٹکی لگائے دیکھنے لگی۔ کچھ لوگوں کی قسمت میں ہمیشہ مجبوری، لاچاری، بے بسی ہی کیوں لکھی ہوتی ہے؟ نہ جانے کون سے گناہوں کی سزا ہے جو ختم ہی نہیں ہو رہی۔ بڑی امیدیں لے کر آئی تھی کہ سُنبل سے ملوں گی، دل کھول کر دونوں دُکھ سکھ بانٹے گے۔نیل کومل کر یقیناً اُسے خوشی ہوگی اور تھوڑی سی خلش بھی ضرور محسوس کرے گی۔مگر میری سُنبل تو احساسات کی حدوں سے پار جا چُکی ہے۔ یہ میری سُنبل نہیں یہ تو بیمار، لاچار عورت ہے جو صرف سانسوں کی گنتی پوری کر رہی ہے۔اس اجنبی عورت کے پاس رُک کر کیا کروں گی؟ جانے کے لیے اُٹھی تو دونوں نے بڑی محبت اور اصرار سے رات اُن کے پاس ہی رکنے کو کہا مگر میری ہمت جواب دے گئی

تھی۔ سُنبل کو اسی طرح کچھ اور دیر دیکھتی رہی تو خود کو سنبھال نہیں پاؤں گی۔ اپنے عزیز کو ہر روز تِل تِل کر کے مرتے دیکھنا بھی تو ایک سزا ہے۔ ماں کے دونوں کھوٹے سکّے تو چل نکلے۔

''کل جانے سے پہلے نیل کے ساتھ آؤں گی'' اتنا کہتے ہوئے میں سُنبل کی طرف بڑھی۔ جھک کر اُس کا ماتھا چوما۔ مجھے لگا ایک ہلکی سی چمک اُس کی آنکھوں میں اُبھری مگر دوسرے ہی پل سب اُمید ختم ہو گئی جب دھیمی آواز میں بولی:

''کھانا کھا کر جانا۔''

ڈبڈبائی آنکھوں سے اُسے دیکھتے ہوئے میں جلدی سے کمرے سے باہر نکل آئی۔

''کھانا کھا کر جاتیں تو ماں کو اچھا لگتا۔'' لِلّی نے کہا۔

''تم فیکٹری کتنے بجے جاتے ہو؟'' میں نے بات بدل کر کنچو سے پوچھا۔

''کل چھٹی ہے میں گھر پر ہی رہوں گا۔ آپ دونوں ناشتہ ہمارے ساتھ کریں گے۔ ہمیں انتظار رہے گا۔'' میں نے مسکرا کر منظوری دے دی۔ پرس میں سے کچھ رقم نکال کر کنچو کو دینی چاہی تو اس نے لینے سے یہ کہہ کر انکار کر دیا۔

''اس کی ضرورت نہیں۔ کام چل جاتا ہے بس اس وقت تو صرف دُعاؤں کی ضرورت ہے۔ دُعا ضرور کریں کہ ماں ٹھیک ہو جائے یا پھر......'' اتنا کہہ کر بچوں کی طرح پھوٹ پھوٹ کر رونے لگا۔ میری خود کی آنکھیں بے ساختہ برسنے لگیں۔ میں بھلا اُنہیں کیا دلاسہ دیتی۔ دلاسہ تو میرے پاس اُس ماں کو دینے کے لیے بھی نہ تھا جس کی نمناک نگاہیں مسلسل مجھ سے کوئی سوال کرنے کے لیے بے چین تھیں۔ قبل اس کے اوپر والا کوئی چمتکار دکھائے میں تیز قدموں سے چلتی گھر سے باہر نکل آئی۔

◄◄ ● ►►

● انجم قدوائی

گنگا بہتی کیوں ہو......؟

کھلی ہواؤں میں لہراتی...... گنگناتی...... مسکراتی...... ہنستی شرماتی......

ایسی تھی چاندنی...... ماں، بابو کے دل کا چین...... سونو بھیّا کی انکھوں کی روشنی......اور گھر کی بہار...... ایسی تھی چاندنی...... مورنی کی طرح ناچتی ہنستی گاتی مسکاتی...... سفید پھولوں سے لدی پھندی خوشبو بکھراتی وہ اچانک ہی بڑی ہوگئی۔ جوہی کی ڈالی جیسی چاندنی پر جب چندن کی نظر پڑی تو پھر ہٹ نہ سکی...... وہ تو تھا ہی چندر...... مگر اس کی روشنیاں بھی چاندنی کے سامنے ماند پڑنے لگیں۔ چاندنی کو شرمانا آ گیا تھا۔ چندر کی نگاہیں پہچان گئی تھی وہ...... اس کی ایک نظر سے وہ مہک اٹھتی...... دھان کی بالیوں کی طرح لہرا اٹھتی...... سرسرا اٹھتی۔ گنگا کے شفّاف پانی میں دونوں گھنٹوں اپنا عکس دیکھتے رہتے۔ تبھی چاندنی نے ایک پتھّر اٹھا کر پانی کی چادر پر اچھال دیا...... عکس ٹوٹ گئے...... بکھر گئے۔ چندر نے تڑپ کر اس کا ہاتھ تھام لیا۔

''نہیں چاندنی نہیں...... یہ کیا کیا تم نے؟ دیکھو کیسے بکھر گئے ہم؟؟ اب ایسا کبھی مت کرنا۔''

معصوم چاندنی ڈر گئی۔

''مجھے کبھی چھوڑ کر مت جانا چاندنی۔'' اس نے لجاجت سے اس کے ہاتھ تھام لیے۔

مگر چاندنی اپنے سماج کی ریتوں رواجوں کی پابند تھی...... ماں بابو، سونو بھیّا کی پیار کی بندھی چاندنی...... کیا کرتی؟ اور وہ باولا ہوگیا۔ گاؤں کے زمیندار کا اکلوتا وارث...... وہ کیسے برداشت کرتے؟ کہاں وہ...... اور کہاں ایک معمولی کسان کی بیٹی......؟ اور وہی سب ہوا...... اپنی طرح...... پرانے دھرانے قصے دہرائے گئے...... چاندنی دور ہوگئی چندر سے......

بنارس کی گمنام گلی رات کا ٹھہرا ہوا وقت...... رشتے کا ماما کواڑ کھول کر چپ چاپ کھڑا رہا۔

''بھیّا نندنی...... میں ہوں...... چاندنی کی ماں......'' چاندنی کی ماں نے اپنے کو پہچنوایا۔

''ہاں ہاں جانتا ہوں۔ کیسے کشٹ کیا؟''

''بھیتر آ جاؤں؟ جاڑے کی پیر سے کپکپاتی ہوئی ماں اور چاندنی......

ہری چرن راہ سے ہٹ گیا۔ دونوں ماں بیٹی سہمی سہمی اندر آ گئیں۔ سانولی سلونی بھابی موٹے

موٹے چاندی کے کڑے پہنے۔ ڈھیر سارا سندور لگائے آنکھوں میں کاجل بھرے مسکرا رہی تھی۔اس کی طرف سے سواگت تھا۔ پیاز اور چٹنی سے روٹی کھا کر جب بستر آئیں، تو بات چھڑی۔

''کہیں چاندنی کی ناؤ باندھو بھیا.....اب کون ہمارا؟ سب مرکھپ گئے، چاندنی کا ابا زمیندار کی مجوری کر کے ہمیں پال رہا ہے۔ وہاں کوئی رشتہ نہ ملا تو آ گئی۔تم بھی ماما ہو..... باپ کی طرح ہو اس کے لیے۔'' اکیلی بولتے بولتے وہ تھک گئی..... ہانپ گئی۔

''ہاں ہاں کاہے نہیں۔'' مامی نے پیار سے چاندنی کے بال سنوار دیے۔

آدھی رات کو رگھّو گھر آ گیا۔۔ بڑی بڑی مونچھوں والا.....کرخت چہرے اور غلیظ آنکھوں والا رگھّو..... ہاتھ میں موٹی سی لاٹھی سنبھالے ہوئے کھٹ کھٹ کرتا ایا تو سارے گھر میں عجیب سی ناگوار سی بو پھیل گئی۔ مامی کا چہرہ اتر سا گیا۔اٹھ کر کھانا دینے چولھے کے پاس گئی تو دیکھا رگھّو وہیں بیٹھا آگ تاپ رہا تھا۔

''ای کون لوگ ہیں اماں؟''

''تیرے بابوجی کی رشتہ دار ہیں۔مصیبت میں ہیں بے چاری۔''

''کب تک ہیاں رہیبن.....؟اس نے بڑا سا نوالا منھ میں ڈال کر چباتے ہوئے پوچھا۔

''چلے جیبہیں .....ابھی تو آئے ہیں کوئی گھنٹہ بھر پہلے.....تم کا کا ہے؟'' اس نے دوسری پیاز اس کی طرف بڑھائی اور وہ اسے مٹھی سے توڑ کر کھانے لگا۔

صبح کے اُجالے میں جب اسنے چاندنی کو دمکتے دیکھا تو وہ تڑپ اٹھا.....معصوم چاندنی..... پاکیزہ چاندنی.....نکھری چاندنی۔ وہ ادھر ادھر دیکھ رہی تھی شہر پہلی بار دیکھا اس نے ماں کے ساتھ مندر کی سیڑھیاں چڑھتے چڑھتے بھی اسکا دھیان چوڑی صاف ستھری سڑک اور موٹر گاڑیوں پر ہی رہا۔دل ہی دل سوچتی رہی کہ کاش چندن بھی یہاں ہوتا.....وہ بھی میرے ساتھ یہ جہان دیکھ لیتا.....کیسا دھلا دھلا یا سا ہے سب کچھ.....کیسی پیاری نکھری نکھری دنیا ہے مگر چندن کے بنا سب سونا ہے۔

کئی مہینے یونہی بے رونق گزر گئے کچھ بھی نہ ہوا۔غریب کی بیٹی کو کوئی آسانی سے کہاں قبول کرتا ہے۔اور رگھّو کی آنکھیں.....سانپ جیسی ڈستی آنکھیں.....

''لمّاں ہیاں ڈر لگتا ہے.....گھر چلو بابو کے پاس۔'' رات کو لمّاں کے پہلو میں چھپ کر فریاد کی اس نے۔

''ہاں چلیں گے جلدی۔'' رات گزرتی رہی اور چاندنی سہم سہم کر سوتی جاگتی.....رہی.....

ایک دن ماما نے خوش خبری سنا دی، لڑکا برادری کا ہی تھا۔ امّاں اور مامی خوشی خوشی اس سے ملنے چل پڑیں۔شام ہونے لگی تھی ابھی تک کوئی نہیں آیا تھا.....اور رگھّو آ گیا۔چاندنی ڈرتی سہمتی رہی.....روتی رہی..... منّتیں کرتی رہی اور پھر منھ سے یہی نکلا۔

''چندر...... مجھے بچالو......''

چندر نے وہاں دور چونک کر چاروں طرف دیکھا۔اس کا دل بری طرح بے چین ہوا...... پھر یہ سوچ کر دل کو تسلی دی کہ وہ اپنے ماما کے پاس گئی ہے آجائے گی۔

رگھّو جیت گیا...... وہ ہار گئی...... چاندنی بجھ گئی...... دنیا ویسے ہی چلتی رہی کوئی طوفان نہ آیا...... کوئی زلزلہ نہ آیا...... نہ کوئی پہاڑ گرا...... مگر وہ تو مٹ گئی۔

ناسمجھ بھولی بھالی چاندنی...... ایک دم مرجھانے لگی۔وہ آواز دیتی۔

''چندر...... چندر...... میرے روم روم میں زہر پھیل رہا ہے مجھے بچاؤ۔''

اوراس کا بیاہ پکّا ہوگیا۔

جس دن مندر جاکر منّت پوری کرنی تھی اسے صبح سے چکّر آرہے تھے۔مندر جانے سے پہلے ہی وہ چکرا کر زمین پر گرگئی۔

زمانہ شناس مامی فوراً سمجھ گئیں۔چاندنی کو بکھرا بکھرا انداز۔اسکی حالت...... اور یہ نہ چھپنے والی بات...... اس دن کوئی مندر نہیں گیا مانو گھر میں میّت ہوگئی۔

دوسرے دن شام ہوتے ہوتے سونو بھیّا آگیا...... اور چاندنی اسکو دیکھ کر اپنا رونا رونے دوڑی تو اسنے ہاتھ جھٹک دیا۔

''بھیّا......؟'' معصوم سوال ہونٹوں پر آکے ٹوٹ گیا۔

''یہ سب چندر کا کیا دھرا ہے نا......؟ سونو نے اسے گھور کر پوچھا تو وہ ناسمجھی میں اسے دیکھتی رہی...... کیا کیا چندر نے؟؟ اسے پتہ ہی نہیں۔

رات کو جب گہرا اندھیرا ہوا تو کسی نے چراغ پھونک مار کے بجھا دیا۔

چاندنی کے گلے پر دباو بڑھ رہا تھا...... وہ چھٹپٹا رہی تھی اور پھر آہستہ آہستہ چاندنی گل ہوگئی۔صبح یہ شور ہوا کہ چاندنی کو رات میں سانپ نے ڈس لیا۔میت کسی کو دکھائے بنا ہی انتم سنسکار کردیا گیا۔

ادھر گاوں میں چندر دریا کنارے بیٹھا چاندنی کے لیے بیلے کے گجرے بنا تا رہا...... اور گنگا بہتی رہی...... دنیا یوں ہی چلتی رہی۔

◂◂ ● ▸▸

● قمر جمالی

فاتحِ عالم

یوں تو وہ بس شہر کے مضافاتی علاقے میں جاتی تھی۔ میری منزل تو راستے ہی میں تھی اور یوں بھی رات کے ساڑھے بارہ بجے کا عمل اور دھواں دھار بارش میں بس کا ملنا ایک آسمانی نعمت سے کم نہ تھا۔ دراصل میں اور میرے میاں ہم دونوں غزلوں کے پروگرام سے واپس لوٹ رہے تھے۔ ہم جس وقت تھیٹر پہنچے بالکل سوکھا تھا۔ ہاں بارش کے کچھ کچھ امکانات ضرور تھے۔ مگر پتہ نہیں کب بارش شروع ہوئی، اتنی طوفانی بارش ہو رہی تھی کہ ہاتھ کو ہاتھ سجھائی نہ دیتا تھا۔ ہم تھیٹر سے باہر نکل کر کاریڈور میں ایک گھنٹے تک بارش کے رکنے کا انتظار کرتے رہے مگر بارش تھی کہ اور زور پکڑتی رہی اور پھر یوں بھی شام کا مہمان اور رات کی بارش ختم کہاں ہوتی ہے۔ ہم نے اپنی موٹر سائیکل وہیں تھیٹر کے اسٹینڈ پر رکھ چھوڑا اور کسی آٹو رکشا یا ٹیکسی کی تلاش میں تھیٹر سے باہر نکل پڑے۔ ابھی سڑک عبور ہی کر رہے تھے کہ دور سے آر۔ ٹی۔ سی بس کے ہیڈ لائٹس دکھائی دیئے۔ میں تو ابھی سوچ ہی رہی تھی کہ آیا بس پکڑیں کہ میرے میاں بیچ سڑک پر کھڑے زور زور سے ہاتھ ہلانے لگے۔ بس رک گئی تو انہوں نے مجھ سے کہا۔

''چلو آسمان سے اتری ہے۔''

''کون......؟ میں چونکی۔''

''ارے بھائی چڑھو۔ ایسے وقت میں بس کا ملنا نزولِ من وسلویٰ سے کم نہیں۔ چلو چلو۔''

میرے میاں ذرا زندہ دل قسم کے انسان ہیں بالکل میرے برعکس جہاں میں بات بات پر اداس ہو جاتی ہوں کسی بھی ذی روح کے اندر گھس کر زخم جگر ٹٹولنے کی عادی ہوں وہیں وہ گندی اور کڑی چیزوں میں سے بھی خوبصورتی کا ریزہ ریزہ چن کر باہر نکالتے اور ایک حسین پہلو تراشتے ہیں اور کہتے ہیں ہنسو اور ہنساؤ پتا نہیں تم کیسی ادیبہ ہو۔ ادب کے نام پر صرف آنسو بانٹتی رہتی ہو میری سنو کسی کی آنکھوں میں اتنا اندر تک نہ جھانکو کہ تمہاری نگاہوں کی چھبن محسوس کر کے اس کی اپنی آنکھیں جھلک پڑیں۔ شیبو یہ زندگی خدا نے صرف رونے اور رلانے کے لیے نہیں دی زندگی تو قدرت کی سوغات ہے۔ ذرا سجا سنوار کر دیکھو کہ کیسی چھبیلی رنگیلی ہو جاتی ہے! یار شیبو! تم نے اس بے چاری کو مونگے کی چٹانوں کی طرح نکیلی کر دیا ہے کہ بس جہاں جہاں سے گزری کہ لہولہان...... نانا

بھئی ہم سے یہ نہیں چلے گا۔ہم تمہارے فن کے قدرداں ضرور ہیں مگر تمہارے اندازِ فکر سے متفق نہیں۔

جوں ہی میں نے بس میں قدم رکھا وہ میری طرف پلٹے اور کہنے لگے۔''باپ رے......مر گئے۔ چلو چلو اترو کوئی دوسری سواری کر لیتے ہیں۔'' جتنی تیزی سے وہ چڑھے تھے اتنی تیزی سے اترنے کے لیے فٹ بورڈ تک پہنچ گئے۔مگر اس دوران میں بس ہل چکی تھی۔ نہ چاہتے ہوئے بھی وہ دوبارہ اندر آ گئے۔

بس خاصی کھلی پڑی تھی۔ایک تو آدھی رات کا سماں دوسرے دھواں دار بارش کس کی شامتِ اعمال تھی کہ ایسے موسم میں باہر نکلتے۔ میں نے ایک طائرانہ نظر ڈالی سارے کی سارے مسافر مرد تھے۔کچھ مزدور قسم کے لوگ تھے کچھ بیکار قسم کے اِدھر اُدھر بھٹکنے والے تو ایک آدھ ہماری طرح اتفاقاً سفر کرنے والا بھی تھا۔ میں نے محسوس کیا جب میں بس میں بیٹھے مسافروں کا جائزہ لے رہی تھی تو میرے میاں خواہ مخواہ ہی مجھے ڈسٹرب کر رہے تھے۔ان کی اس کمزوری سے میں بخوبی واقف ہوں۔ جب بھی میری نگاہ کسی فکر طلب چیز پر پڑتی ہے وہ یوں ہی میری توجہ اس طرف سے ہٹا دیتے ہیں۔لہٰذا اس وقت بھی وہ ایسا ہی کچھ کر رہے تھے۔آخر وہی ہوا میری نظر پھیلتی ہوئی بس کی اس آخری سیٹ پر جا رکی جہاں ایک بے حد غریب مزدور قسم کی عورت اپنے ننھے سے بچے کو اپنے بوسیدہ پلو میں چھپانے کی کوشش کر رہی تھی۔''اُف میرے خدا......!'' میرے منہ سے بے ساختہ نکل پڑا۔

''کیا ہوا؟ انہوں نے پوچھا۔

''ادھر دیکھو''۔ میں نے کہا۔

''اوں......چلو غارت ہوئی آج کی رات بھی۔انھوں نے لمبی سانس کھینچ کر کہا۔ مجھے پہلے ہی سے ڈر تھا۔''

''تو آپ میری توجہ اس کی طرف سے ہٹانا چاہ رہے تھے؟'' میں نے پوچھا۔

''پھر اور کیا کرتا......!'' اتنے شاعرانہ ماحول سے باہر نکلتے تھے۔طبیعت میں ترنگ ابھی تک موجود ہے مگر اب تو سب غارت ہو گیا۔اب تم ساری رات اس غریب عورت کی بے بسی پر روتی رہو گی اور شہیر میاں تارے گن گن رات کاٹیں گے۔سالا اپنی قسمت میں تو تنہائی ہی لکھی ہے۔''

''ایسا کیوں کہتے ہو۔آپ دیکھیں تو دل خون کے آنسو رو دے۔''

''وہ تو ہم روتے ہی ہیں۔ ہر رات تم کسی نہ کسی کا غم یاد کر کے سارے موڈ کا ستیاناس مارتی ہو۔''

''کیا بات ہے شہیر......اتنے سنجیدہ کیوں ہو گئے......ناراض ہو گئے کیا......؟''

''ارے نہیں تم سے ناراض ہو کر کہاں جاؤں گا۔گھوم پھر کر تمہارے ہی دروازے پر دستک دینی ہو گی۔'' وہ ایک دم کھل پڑے۔یہ ان کی عادت تھی۔وہ ہمیشہ ہنستے رہتے کبھی میری حرکت پر ناراض ہوئے تو ہوئے بھی ہوں۔مگر اس خوف سے کہ میں سنجیدہ نہ ہو جاؤں انہوں نے اپنی خفگی کو ایک دو منٹ سے زیادہ طویل ہونے نہ

دیا۔ اگر کبھی غصہ بھی ہوتے تو ہنس کر ٹال دیتے۔ دراصل ہنسنا ان کی عادت ہے اور وہ اپنی عادت سے مجبور۔

شہیر کی ناراضگی کا خیال کر کے کچھ وقفے تک میں بھی ان کے برابر خاموش بیٹھی کھڑکی سے باہر دیکھنے کی کوشش کرتی رہی مگر چلمن باراں اتنی دبیز تھی کہ باہر کچھ دکھائی نہیں دیتا تھا اور پھر دل تھا کہ اندر سے بار بار پیچھے مڑنے کی تلقین کر رہا تھا۔ بڑی دیر تک میں نے اپنے آپ کو دبائے رکھا۔ مگر کب تک......؟ میرے اندر کی فنکار بے طرح تڑپ رہی تھی، چلّا رہی تھی، احتجاج کر رہی تھی کہ کاش غریبی افلاس، دکھ درد مجسم ہو کر سامنے آئے تو نوکِ قلم سے میں ان کے دل چیر دیتی۔ ان کے ٹکڑے ٹکڑے کر کے اربابِ دیار کے باوقار طبقے کے سامنے رکھتی کہ دیکھو آج میں نے ان منحوسیوں کو ختم کر دیا ہے جس پر تکیہ کر کے تم خود کو ان مجبور و بے بس انسانوں پر برتر سمجھنے لگتے ہو جو پشت ہا پشت سے ان نحوستوں کی صعوبتیں سہتے رہے ہیں کاش......!!

آخر میں نے اپنے اطراف کا حصار توڑ دیا اور پیچھے مڑ کر اس مجبور عورت کو دیکھنے لگی۔ عورت کے جسم پر اتنا ناکافی لباس تھا کہ وہ خود اپنے جسم کی گرمی قائم نہ رکھ سکتی تھی...... پھر اپنے جگر گوشے کو کس طرح گرم رکھ سکتی تھی؟ پھر بھی وہ حتی المقدور کوشش کر رہی تھی کہ بچے کو سردی سے بچائے رکھے۔ اپنا بے حد پھٹا ہوا ساڑھی کا پلو اس ننھی سی جان کے اطراف لپیٹے اسے اپنے سینے سے اس طرح چمٹا ہوئے تھی کہ سردی کوئی شیطانی عفریت کی شکل میں خونخوار نگاہوں سے اس کے بچے کی طرف دیکھ رہی ہے۔ بہر صورت اپنی جگر گوشے کو اس کی پہنچ سے باہر رکھنا چاہتی ہے۔ وہ مجسم بے بس تھی۔ بیس بائیس برس کا سن ہوگا۔ جسم جوان، چہرہ مکھڑا ابھی کوئی برا نہ تھا۔ ہاں مگر غریبی اور افلاس نے اس کے چہرے سے خون چوس لیا تھا، اور جدوجہد زیست نے اس کے رخساروں سے گوشت کھرچ لیا تھا۔ اس کی سیاہ بڑی بڑی آنکھیں یاس وحسرت سے پھیلی ہوئی تھیں اتنے سارے مردوں کے بیچ وہ تنہا عورت تھی۔ مگر اسے کسی بات کا احساس نہ تھا وہ تو اس وقت صرف اپنے بچے کے وجود میں گم تھی کہیں دور...... جانے کہاں......؟ میں فنکار ہو کر بھی اسے ڈھونڈ نہیں پا رہی تھی۔ اس کے حرکات وسکنات سے اس کے اضطراب کا پتہ چلتا تھا۔ کبھی وہ دونوں ہاتھوں سے اپنے بچے کو سینے سے بھینچ لیتی اور کبھی ہوا کے تیز جھکڑ کے ساتھ پانی کی پھوار اندر کی طرف آنے لگتی تو وہ بچے کو کھڑکی کے نیچے کر دیتی اور زانو پر لٹا کر اپنا پلّو اس کے اطراف لپیٹنے لگتی۔ بچہ بھی بالکل چھوٹا تھا۔ شاید ایک ماہ کا رہا ہوگا...... بس گوشت کا لوتھڑا تھا۔

بس میں بیٹھے سبھی لوگ باری باری اس کی طرف متوجہ ہوتے پھر آہستہ آہستہ اپنے آپ میں لوٹ جاتے۔ آج کے تیز رفتار زمانے میں کسے اتنی فرصت تھی کہ دوسروں کے لیے اپنا سر درد کرتے پھریں۔ پھر ہر ایک کے کتنے ہی اپنے درد ہیں۔ یوں بھی آدمی درد کے بنا جی ہی کہاں سکتا ہے، چاہے اپنا ہو یا پرایا۔ درد ہی اسے زندہ رہنے کا حوصلہ دیتا ہے اور یہ سچ ہے کہ انسان درد کی معیت میں کتنا مکمل رہتا ہے۔ درد غم سب کے مشابہ ہوتے ہیں۔ چاہے وہ غم دوراں ہوں کہ غمِ جاناں۔ تب ہی آدمی جب کسی مجبور کی طرف آنکھ اٹھا کر

دیکھتا ہے تو اسے اس مجبور کی آنکھوں میں اپنی شبیہ نظر آتی ہے۔اور وہاں اس کا اپنا وجود کہیں گم ہو جاتا ہے ۔نہ خود باقی رہتا ہے اور نہ وہ۔بس باقی رہتا ہے تو ایک احساس۔جو انسان کو حوصلہ دیتا ہے۔ جینے کا سلیقہ سکھاتا ہے۔زندہ رہنے کی تلقین کرتا ہے۔یہی وجہ تھی کہ شاید کوئی بھی شخص

عورت کو لمحہ بھر سے زیادہ برداشت نہیں کر پا رہا تھا۔ہاں کچھ مرد ایسے ضرور تھے جن کی نگاہیں کسی دھاردار چاقو کی طرح اس کے جسم پر نشتر لگا رہی تھیں۔ وہ عورت جب بھی کسی کی چھبتی نگاہوں کو اپنے جسم پر محسوس کرتی تو تلملا جاتی اور اپنے ناکافی لباس کو ان نگاہوں کے آگے پردہ سا بنا لیتی ۔مگر اس کی غریبی اس کی اپنی جوانی کی طرح سرکش تھی۔ایک طرف سے اپنے جسم کو چھپانے کپڑا ہٹاتی تو دوسری طرف سے جوانی چغلی کھانے لگتی۔ میں محسوس کر رہی تھی کہ وہ بے حد پریشان تھی۔اپنی تنہائی سے، آدھی رات کے سفر سے، بارش کے تابڑ توڑ حملوں سے ، ناکافی لباس سے جھانکتی ہوئی اس کی بے سہارا جوانی سے، بھوکے کتوں کی بھنبھوڑتی نگاہوں سے......اور اپنے جگر گوشے کو سردی سے اکڑتا ہوا دیکھنے سے۔

بس اب شہری حدود کو بہت دور چھوڑ چکی تھی۔ جوں جوں مضافاتی علاقے کی طرف جا رہی تھی بارش کے تیور اتنی ہی خطرناک معلوم ہو رہے تھے۔اب ہماری منزل بھی آنے کو تھی۔اسٹاپیج آنے سے قبل ہی ہم دونوں سیٹ سے اٹھ کھڑے ہو گئے۔ میں نے دیکھا جوں ہی میں اٹھ کھڑی ہوئی وہ عورت قدرے بے چین ہو گئی۔ ہو سکتا ہے میری موجودگی سے اسے اتنے سارے مردوں کے بیچ تنہائی کا احساس کچھ کم ہو گیا ہوگا۔ جانے کیوں خود مجھے اسے اکیلا چھوڑ کر اترتے ہوئے اچھا نہیں معلوم ہو رہا تھا۔مگر اس معاملے میں میں بھی اتنی ہی بے بس تھی جتنی وہ خود۔ اسٹاپیج اب کچھ ہی گز کے فاصلے پر رہ گیا تھا کہ شہیر فٹ بورڈ پر جا کھڑے ہوئے۔ میں بھی ان کے پیچھے ایک قدم اور آگے بڑھی۔اب جب کہ میری نظر اس عورت پر پڑی میں نے محسوس کیا کہ وہ بھی اٹھنے کے لیے اپنے پر تولنے لگی تھی۔ایک لمحے کے لئے میں چکرا گئی کہ خدارا اس طوفانی بارش میں کیا وہ اتنے ننھے سے بچے کو لیے خود بھی اتر جائے گی......اور وہ بھی میرے پیچھے؟

”جانے کیا ہوگا......اللہ......کیا ہوگا......؟“

”کیا ہوگا......؟ بچہ مر جائے گا۔“ شہیر کی آواز پر میں چونکی۔شاید بے خیالی میں میں بلند آواز سے کہہ گئی تھی۔

”یہ تم کہہ رہے ہو شہیر......؟ اتنی آسانی سے......

”کیوں سچ کہنے پر پابندی ہے کیا۔ دیکھو تو بچہ کیسا نیلا پڑ گیا ہے۔“

”ہاں......!“ میں بے حد پریشان ہو گئی اور بے چینی سے اس ننھی سی جان کو دیکھنے لگی جو سچ مچ سردی کی تاب نہ لا کر نیلا پڑ رہا تھا۔اب وہ بھی اپنی سیٹ سے اٹھ کر کھڑی ہو گئی تھی۔

''بالانگر......!'' کنڈکٹر نے ہانک لگائی۔اب میری منزل آنے کوتھی میں اب اترنے کے لئے بالکل تیارتھی۔یکا یک وہ عورت تیز قدموں سے چلتی ہوئی بالکل میرے مقابل آکر کھڑی ہوگئی۔کیا یہ سچ مچ یہاں اترے گی؟ میں نے گھبرا کرایک نظر کھڑکی سے باہر جھانک کر دیکھا اور پھر سردی سے اکڑتے ہوئے بچے کو، وہ لمحہ بڑا پریشان اور سراسیگی میں گزرا مجھ پر بھی اور اس عورت پر بھی۔عورت کے چہرے پر ایک رنگ آرہا تھا اور ایک جارہا تھا۔اس کی رنگت میں بڑی بڑی تیزی سے تبدیلی آرہی تھی۔پھر یکا یک کیا ہو......وہ میرے زورِقلم سے آگے ہے۔میں نے دیکھا کہ اس کا چہرہ پُر جلال ہوگیا۔اس کے سہمے ہوئے اعضا تن گئے۔اور......اور پلک جھپکتے میں اس نے اپنے جسم پر لپٹی ہوئی ساڑھی کھینچی اور نیلے پڑتے ہوئے اپنے لختِ جگر کے اطراف کس کر لپیٹا۔اس کا پٹی کوٹ اور چولی جا بجا پھٹے تھے۔اس کا جوان جسم دعوتِ نظارہ دے رہا تھا۔مگر وہ تو ایسی اکڑی کھڑی تھی جیسے ننگی ہوتے ہوئے بھی اس نے بے حساب دوپٹے اوڑھ رکھے ہوں۔میں نے اس کی آنکھوں میں جھانک کر دیکھا، کیا مجال جو ذرا بھی ٹس سے مس ہوئی ہو۔اس کی لرزتی پلکوں، کپکپاتے ہونٹ اور استقلال سے چمکتے چہرے پر ایک نور تھا...... بلا کا رعب تھا۔!

میں نے زندگی کے چہرے پر اتنا جلال بہت کم دیکھا تھا۔اب اس کا چہرہ پرسکون تھا۔ہر وسوسے اور پریشانی سے پاک تھا۔بس رک گئی تھی میں نے اترتے ہوئے ایک نظر مسافروں کو دیکھا حیرت سے میرا سر چکرا گیا۔ابھی کچھ دیر قبل جن مردوں کی نگاہیں اس کی پھٹی جوانی کو بھنبھوڑ رہی تھیں وہی نگاہیں اب جھکی ہوئی تھیں۔گویا ممتا کا دبیز پردہ اس کے لیے لباس جسم کے آگے حجاب بن گیا تھا۔زندگی کی اتنی شاندار فتح میں نے بہت کم دیکھی تھی۔میرے ہونٹوں پر ایک فاتحانہ مسکراہٹ دوڑ گئی اور میں نے بہت ہی فاتحانہ انداز میں اپنے شوہر سے کہا۔

''زندگی کے چہرے پر اتنا جلال کبھی تم نے دیکھا ہے شہیر......؟!اور پھر اس عورت کی طرف دیکھ کر بے اختیار کہہ اٹھی۔

''تم بہت بہادر ہو ماں......بہت عظیم ہو......فاتح عالم ہو......دنیا جہاں کی تسخیر شاید اسی کا نام ہے!!!

● ثمینہ سید

محبوبہ

رات کا روپ ہی بدل گیا تھا۔ ایسی بدصورت اور گھناؤنی ہوگئی تھی کہ اسے اپنے نصیب کی پرچھائی لگنے لگی۔ ماحول میں حزن وملال تھا...... آنسو اور...... آہیں۔ استے تک چیخ رہے تھے۔ وہ ننگے پاؤں چل رہی تھی...... نجانے کب سے۔ اب تو شاید پیروں سے لہو رسنے لگا تھا۔ اس کی مردہ سماعتوں سے ایک آواز ٹکرائی۔

''کیسی بے شرم عورت تھی ...... توبہ توبہ قرب قیامت ہے یار...... ایک عورت ایسا کیسے کر سکتی ہے؟'' کوئی دوسرا بولا۔

''اتنی ہمت کہاں سے لائی ہوگی؟'' وہ چلتی رہی...... لعنتیں...... دھکے ٹھڈے کھاتی...... گرتی پڑتی۔

آپ کی یاد آتی رہی رات بھر......

چشم نم مسکراتی رہی رات بھر......

کسی گاڑی میں تیز آواز سے یہ گیت کیا چلا اس کا ذہن الٹی دوڑ لگانے لگا۔

آپکی یاد آتی رہی رات بھر......

آپ کی یاد آتی رہی...... آتی رہی

''مومی، چپ کر جا بے شرم...... چپ کر جا۔'' اماں پوری قوت سے دھاڑیں تو وہ ہنسنے لگی۔ ان کے سونے گھر میں اس کی ہنسی مندر کی گھنٹیوں جیسی گونجتی...... ہنسی کی بازگشت دیر تک اماں کا دل جلاتی۔ وہ ایک ادا سے اماں کے قریب آ بیٹھی۔

''اماں تو نے کبھی محبت کی ہے؟'' سعد یہ آنکھیں پھاڑے اسے گھور رہی تھیں۔

''یہ جو تو کر رہی ہے یہ سب...... یہ محبت ہے کیا؟'' اماں نے سوال پہ سوال کیا تو وہ پھر ہنسی...... وہی دلربا ہنسی......

''ہاں محبت ہے یہ...... سزا کے جیسی...... بددعا کے جیسی...... لہو میں زہر کی طرح کڑواہٹ اتارتی, جلاتی ہوئی روز نئی محبت...... اماں تجھے تو اندازا بھی نہیں ہوسکتا کیسا لطف ہے اس محبت میں۔'' مومنہ نے ایک ادا سے اپنے لمبے بال آگے کیے اور بے پناہ خوب صورت آنکھیں اماں کے درد میں ڈوبے چہرے

پہ ڈال کے بولی'' یہ محبت وحبت اصل میں کچھ ہے ہی نہیں اماں لیکن محبوبہ ہونے کا چسکا بہت برا ہے نشہ ہے...... باقاعدہ نشہ......''

سعدیہ حسب معمول رونے لگی۔

تیرے باپ کو بہت روکتی تھی بہت سمجھاتی تھی کہ دل نہ دکھا...... نجانے کس دل کی آہ لگ جائے اور ہماری نسلوں کو چاٹ جائے...... لیکن روکتی تھی بددعا تو نہیں دیتی تھی۔ کیسے دیتی بددعا......؟ تو ہی تو تھی اس کا اور میرا اکلوتا رشتہ...... پھر کیسے میں بددعا دیتی لیکن تو نجانے کب بددعا بن گئی۔'' سعدیہ روتی رہی۔

''اماں! باپ اور بھائیوں کے گناہ بہنوں اور بیٹیوں کے لیے بددعا کیوں بن جاتے ہیں؟ وہ کچھ دیر سر جھکائے بیٹھی رہی پھر اٹھ کے چلی گئی۔ اس کے کمرے سے قہقہوں کی آوازیں آرہی تھیں۔

''پھر کسی کو بیوقوف بنا رہی ہوگی۔'' سعدیہ بڑبڑائی اور استغفار پڑھنے لگی۔

نشہ جب خون میں شامل ہو جاتا ہے تو گناہ ثواب کی تمیز ختم کر دیتا ہے۔ بندہ بے بس ہو کر اس کے حصول میں بھاگتا ہے اور اسے پا کر ہی سکون ملتا ہے اسے۔ مومنہ بھی روح کے کسی گھاؤ کا شکار تھی۔ ہوش سنبھالنے سے بھی پہلے شاید کسی نے اس کی روح سے چادر کھینچ دی تھی۔ وہ ننگی روح کے ساتھ تب سے بھاگ رہی تھی شاید ابا کے کسی دوست نے...... ابا نشہ کرتے تھے۔ شادی کے شروع شروع میں تو گھر سے باہر پھر دوست یار گھر آنے لگے۔ پرکھوں کا چھوڑا نوابی گھر تھا اور شفیع احمد کے نوابی گناہ۔ کبھی دوستوں کے ساتھ نشہ کرتا تو کبھی کوئی سہیلی لیے گھر ہی آ جاتا۔ مومنہ کو یاروں سے ملواتا۔

''چاچو ہیں تیرے۔''

''نئی ماں ہے تیری دیکھ کیسی حسین ہے۔'' ابا مکروہ ہنسی ہنستا۔ مومنہ نے اسی سے سیکھی تھی ایسی ہنسی۔

'نئی ماں' کا چہرہ کچھ دن بعد بدل جاتا لیکن پرانی ماں بہت پرانی لگنے لگی۔ بجھی ہوئی شمع جیسی...... جو عبادت گزار اور نیک عورت تھی لیکن اس کی روشنی بیکار تھی باپ کے دل کو چمکا سکی نا ہی مومنہ کے دل کو۔

ایک دن وہ کالج سے آئی تو ابا نشے میں دھت پڑا تھا...... شاید بیہوش تھا...... دیر تک نہ اٹھا تو پتہ چلا مر گیا۔ اماں اسے ہسپتال نہیں لے کر گئی، بس منہ پہ کپڑا رکھے روتی رہی۔ اس کے نزدیک شاید رونا ہی سارے مسئلوں کا حل تھا۔ اب تک رو رہی تھی۔ اب جب مومنہ کے دوست گھر آنے لگے...... اب جب مومنہ کے تن کے کپڑے مختصر سے مختصر ہونے لگے...... اماں بس روتی رہتی۔

''مومی یہ سب ٹھیک نہیں ہے...... چھوڑ دے یہ سب۔ اب تو ہمارا پیسہ بھی ختم ہو گیا ہے چندا۔ ایک دکان کا کرایہ آتا ہے بس...... میری بات سن...... کوئی کام کر...... اتنا پڑھ لیا ناں...... کوئی نوکری ڈھونڈ۔''

''اماں...... نہ کیا کر ایسے۔'' وہ چلائی۔

''کافی ہے دکان کا کرایہ۔ہم دو ہی تو ہیں۔ میں باہر کھا کے آتی ہوں۔ میرا خرچہ میرے دوست اٹھاتے ہیں۔ایک تیری روٹی کے لیے دکان ہی کافی ہے۔''

''دوست تیرا ماس کھا رہے ہیں۔ یہ راستہ چھوڑ دے۔'' سعدیہ نے منت کی تو وہ ہنسنے لگی۔

''ماس کو بھی نچوانے کا چسکا ہو جاتا ہے اماں......مر کے ہی چھوٹے گا اب۔'' سعدیہ افسوس اور دکھ سے بیٹی کو دیکھتی۔خود کو کوسنے لگتی۔اسے لگتا اسی کی بددعا کا اثر ہے۔اس کے باپ کی بدکرداری اور بیکاری سے تنگ ہو کر جو بھی بددعائیں اور آہیں سعدیہ کے دل سے نکلتی تھیں وہ مجسم ہو کے مومنہ بن گئی۔وہ اپنی ہی بیٹی کو چھو نہیں سکتی تھی...... پیار نہیں کر سکتی تھی۔وہ رو رو کر اپنی بچی کے لیے معافی مانگتی۔لیکن مومنہ کی معافی ممکن نہیں تھی۔کتنے ہی ٹوٹے دلوں اور برباد عورتوں کی بددعائیں اس کے خون میں گھل گئیں تھیں جنہیں ابا نے برباد کیا۔

پھر پتہ چلا مومنہ کو عشق ہو گیا۔اس کی روح کی بے چینی پروفیسر اظہر کے وجود میں سمٹ گئی۔وہ ان کی اسسٹنٹ کے طور پہ کام کرنے لگی۔ان کے لیے محبوب اداؤں میں ڈھلنے لگی۔سب چھوڑ دیا......بس وہی یاد رہتا......صرف وہی ایک شخص۔

''شادی کرلو اس سے۔ مجھے لگتا ہے میری دعائیں سنی گئی ہیں۔اتنی اچھی نوکری اور تعلیم والا بندہ مل گیا ہے۔سعدیہ نے بیٹی کے ہاتھ اپنے کمزور ہاتھوں میں لیکر کہا تو وہ کچھ پل ماں کو دیکھتی رہی۔

''شادی شدہ ہے...... بچے بھی ہیں۔''

''مومی......! پھر بھی کر لے شادی...... پناہ دے گا......تحفظ دے گا۔''

''اس کے پاس پناہ ہوتی تو مجھ سے ملنے میرے گھر آتا اماں؟ اور تحفظ......نہیں ہے اس کے پاس۔''

''مجھے اس سے عشق ہو گیا ہے۔ میں نے اس کے ہر مطالبے کو مان لیا۔کچھ بھی نہیں مانگا۔''

سعدیہ دہل کر اسے دیکھنے لگی

''ادھر ادھر ڈول رہی تھی تو آپ کو مسئلہ تھا۔اب ٹک گئی ہوں......نوکری کر رہی ہوں، محبت کر رہی ہوں تو آپ خوش نہیں ہیں۔کیا کروں میں آپ کے لیے؟''

''تم ہی کہتی تھی محبت وحبت کچھ نہیں۔''

''کچھ تو ہے اماں......محبت کے دامن میں آسودگی ہے۔اب پہلے جیسی بے سکونی نہیں ہے۔لگ رہا ہے وہ والی محبت ہو گئی ہے جس میں اپنا ہی وجود صفر ہو جاتا ہے۔''

''مومنہ چپ کر...... چپ کر جا بس۔'' وہ الٹے پاؤں پلٹ گئیں۔مومنہ سے جتنی بات کرنی ہوتی تھی کھڑے کھڑے ہی کرتیں۔وہ کبھی بھی اس کے بستر پر نہ بیٹھتی تھیں۔زیادہ پیار آتا تو اسے باہر بلا لیتیں۔بمشکل ہی کبھی ہاتھ اپنے ہاتھوں میں لیتیں اور اب تو تمام معاملات ان کی برداشت سے بہت زیادہ

برے ہو گئے......اتنے کہ انہوں نے اس رات کو اپنی زندگی کی آخری رات کر لیا۔

مومنہ بہت اکیلی ہو گئی تھی۔ اماں کی تدفین کے سارے مراحل میں اظہر اس کے ساتھ ساتھ رہا۔ محلے سے جو چند لوگ آئے ان کو مومنہ نے بتایا کہ اظہر سے نکاح کر لیا ہے میں نے۔

اب زندگی کے ڈھب ہی بدل گئے۔ بالکل ویران......اجاڑ لگنے لگی حویلی......جیسے گھر میں ہر طرف اماں کی نصیحت بھری نظریں گھومتی رہتیں۔ باہر لوگ گھورتے رہتے۔ مومنہ نے گھر بیچ دیا اور دکان بھی۔ پروفیسر اظہر ہر روز آتا اور دونوں زندگی کے کونوں کھدروں سے خوشیاں ڈھونڈتے اور تسخیر کرتے رہتے۔ دنیا گھومنے نکل گئے۔ ایک دوسرے کا مکمل ساتھ جی رہے تھے۔ واپس آ کے مومنہ نے چھوٹا سا اپارٹمنٹ لے لیا۔ اب اتنا ہی بچا تھا۔ نوکری کرتی اور اپنا گزارا کر پاتی ایک دن اظہر نے بتایا......اسے اسسٹنٹ کی ضرورت نہیں رہی۔ کہیں اور نوکری بھی دلوا دی۔ اب دن بھر کا ساتھ بھی نہیں رہا تھا۔ رات تو وہ کبھی ٹھہرا ہی نہ تھا۔ پھر بتایا کہ اس کے گھر کو اس کی ضرورت ہے۔ کچھ وقت کم آنا جانا رہے گا۔ مومنہ کا محبت کا نشہ ٹوٹنے لگا تو وہ نشہ کرنے لگی...... گنگناتی رہتی......

آپ کی یاد آتی رہی رات بھر
آپ کی یاد آتی رہی رات بھر
آپ کی یاد......
چشم نم مسکراتی رہی رات بھر

آنکھیں بھرنے لگیں۔ پاؤں تھک کر ٹوٹ جاتے لیکن وہ نہ آتا اور جب آتا تو بہانوں کا پلندہ ساتھ ہوتا۔

''آج کرتی ہوں اظہر سے بات۔'' اظہر کا نام اس کے ہونٹوں کو چھوتا تو ہونٹ خود بخود مسکرانے لگتے کے ساتھ اٹھی اور تیار ہونے لگی...... گنگناتی رہی......سجتی سنورتی رہی۔ اظہر کی محبت سے پور پور مہکنے لگا۔ وہ اس کی محبت میں ایسی گم تھی کہ اس کے رویے کے بدلاؤ پر غور ہی نہیں کیا۔ وہ آ گیا لیکن بیزار سا تھا۔

''ایسا کیا ہوا ہے جسے ہم مل کے سلجھا نہیں سکتے؟ کس چیز میں الجھے ہوئے ہو؟؟'' وہ اس کے قدموں کے پاس بیٹھ گئی۔ اس کے گھٹنوں پہ بازو دھر دیئے تو وہ جز بز ہونے لگا۔

''سلجھاؤ بہت مشکل ہو گیا ہے مومنہ! میں نے اپنا قیمتی وقت اور توجہ تمہیں دی۔ اس دوران میرے گھر کا نظام تہس نہس ہو گیا......سب خراب ہو گیا۔''

کچھ چھن سے ٹوٹا تھا......شاید اعتماد......بھرم......محبت......وہ سہم گئی۔ ایسے لہجے کی عادی کہاں تھی۔

''تو کیا ہوا؟ بتاؤ۔'' وہ انتہائی ضبط سے بولی۔

''کیا بتاؤں......؟ اپنا تماشا بناؤں تم جیسی عورت کے سامنے؟'' آنسو گالوں پر بہہ نکلے۔

ہم دو تو نہیں ہیں......سارے مسئلے ہم مل کے سلجھا سکتے ہیں۔وہ بے بسی سے بولی۔

''وہ اور مسائل تھے جو ہم سلجھا سکتے تھے۔باہر کے مسائل......پیسوں کے مسائل......تمہاری وجودی ضرورتوں کے مسائل......''

''میری وجودی ضرورتیں؟؟؟''وہ چیخ پڑی۔حیرت سے گنگ اسے دیکھتی رہی۔تبھی وہ اس کے گھنے بالوں کو مٹھی میں جکڑ کر بولا۔

''تم جیسی آوارہ عورت کو راہ راست پہ لاتے لاتے میرے بچے......یہاں تک کہ میری بیوی......''

''اوہ!''مومنہ نے سسکاری بھر کر اپنے بال چھڑائے۔سناٹا دونوں کے درمیاں آ کھڑا ہوا......دیر تک تکتا رہا دونوں کے بے بس چہرے اور مایوس بدن۔

''یہ ان کا وقت تھا جو میں نے تمہیں دیا۔سب کچھ برباد ہو گیا لیکن میں اب بھی سنبھالنا چاہتا ہوں۔کسی مرد کی مردانگی کی موت ہوتی ہے یہ کہ اس کی بیوی کسی اور سے......تم بھی سنبھل جاؤ......شادی کر لو کسی سے......کوئی سہارا تو ہو بڑھاپے کا۔''مومنہ مر گئی اسی لمحے......اس کا مٹی وجود رل گیا۔بمشکل پیچھے ہٹی۔

''میں تمہارا مسئلہ نہیں؟عزت بھی نہیں؟میرے وجود کو کوئی اور مرد......یہ تمہاری نامردی نہیں ہو گی؟''

''نہیں......تم عادی ہو اس سب کی۔فلمی عورت مت بنو۔عقل کرو کچھ عقل۔''وہ چیخا۔مومنہ نے منہ موڑ لیا۔لمحوں میں سب ختم ہو گیا۔

''تو تم اب نہیں آ ؤ گے؟''

''نہیں!وہ فیصلہ کن لہجے میں بولا۔ٹوٹ پھوٹ جاری رہی۔عورت صرف محبت میں کمزور ہوتی ہے......صرف وفاداری میں بے وقوف بنتی ہے......دونوں چپ رہے دیر تک۔

''آخری بار آئے ہو؟''وہ بہکے سے لہجے میں بولی اور قریب تر ہو کر اس کے گریبان کے بٹن کھولنے لگی پھر اسے دھکا دے کے بستر پہ گرا دیا۔

''وقت تو میں نے بھی دیا......محبت بھی......توجہ بھی......''

وہ روہانسا سا لیٹا رہا۔

''چلو یہ آخری وقت یادگار بناتے ہیں۔چھوڑو سب......تم جیتے میں ہاری۔''پھر وہ پلٹی۔

''کچھ کھانے پینے کو لاتی ہوں۔''وہ ایک پل کے ہزارویں حصے میں اس آخری لمحے کے یقین تک پہنچ گئی۔بحث کیا کرتی......جب وہ گندی عورت تھی تو اچھی کیسے بنتی؟کچن میں آ کے کچھ چیزیں ڈش میں ترتیب لگائیں۔گلاسوں کو بھرتے ہوئے روتی رہی......بھرائی آواز میں گنگناتی رہی۔

چشم نم مسکراتی رہی رات بھر

چشمِ نم مسکراتی رہی

وہ وہیں تھا بستر پہ...... کچھ کپڑے اتارے کچھ پہنے ہوئے تھا۔ مومنہ ڈش رکھ کے اس کے قریب آ گئی...... اس کے اوپر گر گئی اور چھرے سے وار کرتی چلی گئی...... وہ سنبھل نہیں سکا۔ وار ایسی جگہ پہ تھا کہ اس کی ساری مردانگی دھری کی دھری رہ گئی.

''محبوبہ مرد کی عزت نہیں ہوتی ؟'' وہ ایک ہی فقرہ چیخ رہی تھی۔ وہ دوہرا ہوتا گالیاں بک رہا تھا۔ پھر گر گیا...... بے دم ہونے لگا۔ مومنہ کالی چادر کھینچ کے چہرہ چھپاتی نکل آئی...... تالے جندرے مارے بغیر...... یہ سب تو وہ محبوب کی سنگت میں کرتی تھی...... اسے اور خود کو چھپانے کے لیے...... عزت سے جینے کے لیے............

چشمِ نم مسکراتی رہی رات بھر

چشمِ نم..................

کوئی تیز رفتار گاڑی اس نے اپنی طرف بڑھتی دیکھی تھی...... نم آنکھیں چندھیا گئیں۔

تاریکی پھیلتی چلی گئی......

● فریدہ انصاری

بے بی اماں

''چل جلدی کر! یہ بلوریاں لے، دیکھ برابر لگنا چاہئے ورنہ میں سب لے لوں گی۔'' سر پر قاعدے سے دوپٹہ اوڑھے ہوئے وہ گویا ہوئی۔

''ارے ہٹ! بڑی آئی سب لینے والی! ایک دھکا لگاؤں گا نا، دیکھ جا کر کہاں گرے گی، بڑا خود کو طرّم خان سمجھتی ہے۔'' ثاقب نے جھٹکے سے اس کے دوپٹے کو کھینچا اور وہ گرتے گرتے بچی۔

''خبردار! دوپٹے کو ہاتھ نہ لگانا۔'' نوخیز لڑکی کی طرح شرماتے ہوئے اس نے کہا۔

''امی مرحومہ کہتی تھیں دوپٹہ لڑکیوں کے سر کا تاج ہوتا ہے۔'' اور دوسرے ہی پل اس نے زمین پر پڑے بڑے چھوٹے پتھر اٹھائے اور ثاقب پر جارحانہ انداز میں تانے۔ ثاقب کہاں رُکتا، وہ یہ جا وہ جا۔ سلیم کی اب باری تھی۔ سلیم چنچل نہ تھا۔ سمجھتا تھا۔ اس کے گھر میں بڑے چھوٹے سبھی موجود تھے۔ وہ ہر کسی کا احترام کرتا تھا۔ اس نے دھیرے سے سمجھایا دیکھو ایسے بلوریاں پھینکو پھر برابر لگے گی۔''

وہ خوش ہوگئی اور خوب تالیاں بجانے لگی۔ وہ بچوں کے ساتھ ایسے ہی کھیل کر خوش ہوتی۔ شام میں گھر کے لڑکوں اور ان کے دوستوں کے ساتھ چھت پر چڑھ جاتی اور چکری اپنے ہاتھوں میں دھر لیتی۔ لڑکوں سے پتنگ خوب اونچی اُڑانے کی فرمائش کرتی اور یک لخت تالیاں بجانے میں چکری زمین پر گر جاتی اور پتنگ بے چاری ہچکولے کھاتی زمین کا سفر کرتی۔ پھر لڑکے شرارت سے اس کے سر پر چپت لگاتے اور خوب بڑبڑ کرتے اور وہ کسی کو دھپ لگاتی زینے طے کر نیچے آجاتی۔ وہاں کچن سے آتی اس کی دیورانی کی بڑبڑاہٹ گھر کے سبھی افراد کے لئے باعث تذلیل ہو جاتی۔

''کچھ کام کی نہ کاج کی دشمن اناج کی! لڑکوں بالوں کے ساتھ کھیلنا نہیں بھولتا۔''

ایسا کیوں ہوا؟ وہ ایسی تو نہیں تھی۔ ایک سلیقہ شعار، قبول صورت بہو تھی۔ ساس کے ہاتھ کا چھالا تو میاں کے دل کی رانی۔ ساری رشتہ داریوں کا پاس بخوبی نبھاتی۔ کس کے گھر کون پیدا ہوا، کس کے گھر چھٹّی کے کپڑے بھجوانا ہے، بتیسے کے لڈو بنانا ہے، شادی بیاہ کے لوازمات تو موت میت کی بھاتی سب وقت پر ان کے گھر سے پہنچ جاتی۔ خاندان والے بھی اس کی عزت واکرام میں کوئی کمی نہ کرتے کہ والد محترم کے قول کو

ہمیشہ دامن میں سمیٹ کر رکھا تھا کہ '' دینے والے کا ہاتھ ہمیشہ اوپر رہتا ہے۔''

لیکن وقت کا پہیہ کچھ ایسا گھوما کہ دینے والے ہاتھ لینے والے بن گئے۔ یہی دنیا کی ستم ظریفی کہ دیکھتے دیکھتے جو قصیدہ خواں تھے وہ مرثیہ خواں بن گئے اور وہ کچھ بھی تو نہ کر سکی۔ سب سے چھوٹے دیور کہ جس کو ایسے پالا تھا جیسے کوکھ کا بچہ ہو، جس کی شادی اپنے بیٹے کی طرح کی تھی اسی کی بہو نے دھیرے دھیرے اس کی بیماری کو کچھ یوں طول دیا کہ ان طعنوں کی بندش میں اس نے اپنے وجود کو گم کر دیا۔ نہ عدالت میں جرم کی سماعت ہوئی نہ مجرم کو سزا سنائی گئی۔ ذہنی طور پر وہ حال سے بے خبر ہوتی چلی گئی۔ کچھ عمر کا تقاضے اور پہلے پہل بھولنے کی عادت سے شروعات ہوئی۔ کچھ بھولا کچھ یاد رہا کے مصداق خود کو حالات کے حوالے کر دیا اور یہاں دیورانی اس کے سجے سجائے سنگھاسن پر براجمان ہوتی چلی گئی۔ ہاتھوں کی کپکپاہٹ کے سبب جب گھر کے اخراجات و اندراج میں اس سے گڑبڑی ہونے لگی تب دیورانی کو مکمل موقع مل گیا اور وہ سیاہ وسفید کی مالک بن بیٹھی۔

کبھی ایسا بھی ہوتا کہ لکھنے بیٹھتی تو لکھ ہی نہ پاتی۔ کاغذ پر قلم سے صرف آڑھے ترچھے دائرے بناتی۔ تب بیٹا وسیم آتا اور ہاتھ پکڑ کر اسے لکھنے کی ترغیب دیتا۔ وہ غائب دماغی سے اس کا چہرہ تاکا کرتی لکھتی کم۔ بیٹا کہتا۔

'' اماں! اس طرح نہ دیکھیں۔ آپ کو یاد نہیں بچپن میں آپ نے بھی تو اسی طرح مجھے سکھایا تھا۔ اب کیا ہو گیا کہ میں نے آپ کا ہاتھ تھاما۔''

ہال سے اٹھتی دیورانی کی آواز وہ سمجھ نہ پاتی، شاید سمجھنے کی کوشش نہ کرتی اور انگوٹھا منھ میں لے کر وہیں زمین پر سو جاتی۔ '' دیکھو تو کیسے بچوں سی حرکت ہے۔ کچھ شرم غیرت ہے کہ نہیں!'' اور پھر وسیم کا دل پھٹ جاتا لیکن اماں کی سمجھائی عزت وتکریم کا لحاظ آ جاتا، ان کی بتائی باتیں یاد آ جاتیں اور وہ اپنی بیوی کو آواز دیتا اور گود میں اٹھا کر اس کے کمرے میں لے جاتا۔

'' ہائے ہائے! دیکھو تو کیسا زمانہ آ گیا۔ بیٹے کی گود میں سواری ہو رہی ہے!'' ایک اور چرکا لگتا پر وسیم صبر کا دامن تھامے رکھتا۔ اس نے اپنی ساری زندگی اماں کے لئے وقف کرنے کا تہیہ کر لیا تھا اس لئے شادی سے بھی انکار کرتا رہا لیکن جب اماں کی نجی ضروریات کا خیال آتا تب کسی خاتون کی مدد کے بارے میں سوچنے لگتا۔ کہتے ہیں کہ ہم جس راہ پر چلنا چاہتے ہیں پاک پروردگار وہ راہیں آسان بنا دیتا ہے اور یوں زندگی کی ڈگر پر اس کی ملاقات ڈاکٹر صبا سے ہو گئی۔

صبا ایک سلجھی ہوئی لڑکی تھی۔ ایک سائیکیاٹرسٹ۔ نفسیاتی ڈاکٹر۔ وسیم کے فیملی ڈاکٹر نے اسے اس کے پاس بھیجا تاکہ مریضہ کی بیماری کی بخوبی شناخت ہو۔ اس نے بتایا۔ اماں کے ساتھ ایک دن یہ حادثہ ہوا تھا کہ گھر کے قریب کے کھیتوں میں آگ لگ گئی تھی اور انھیں ایسا لگا تھا کہ ساری زندگی کا اثاثہ برباد ہو گیا۔ جس طرح بچپن میں ان کے میکے میں ایسا ہی اندوہناک واقعہ ہو گزرا تھا، وہ اس صدمے کی ہو کر رہ گئی

تھیں اور جب سارے واقعات کی ڈوریاں ملائی گئیں اور کئی ٹیسٹ کروائے گئے تب یہی بتایا گیا کہ اماں Age Inregression Dissoliative Identity Disorder کی شکار ہو چکی ہیں۔

ڈاکٹر صبا نے بتایا کہ 60 سال کے اوپر کے لوگ اس کا شکار ہو سکتے ہیں۔ عمر کے علاوہ زندگی کا کوئی واقعہ یا بہت زیادہ دماغی تناؤ، کوئی صدمہ ان کو بچپن میں ہوئے کسی خاص واقعہ کی طرف موڑ دیتا ہے اور وہ وہیں کے ہو کر رہ جاتے ہیں۔ واپسی ممکن نہیں ہوتی۔ البتہ اسے مزید آگے بڑھنے سے افرادِ خانہ کی محبتیں یا ماحول کی تبدیلی روک سکتی ہے۔''

صبا نے اُن کے علاج معالجے سے رجوع کیا۔ دعائیں و دوائیں کبھی اپنا اثر ضرور دکھاتیں لیکن دیورانی کے طعنے اس کی سماعتوں سے ٹکراتے رہتے۔ شاید سمجھ جاتی ہو یا نہ سمجھے لیکن بہر حال اپنائیت کی ضرورت تھی۔ وسیم اپنے والد کے ساتھ زمینداری میں مصروف رہتا اور گھر پر ملازم بھی دیورانی کے ہاتھوں بک چکے تھے۔ وہ ویسے ہی بولائی بولائی گھر میں گھومتی رہتی۔ نہ وقت پر کھانا کھاتی نہ سوتی۔ بچے بھی کیا کبھی تنہا سب کچھ کر پاتے ہیں؟ وہ بچہ ہی تو بن گئی تھیں۔ کئی بار اس کے والد نے بھائی سے دیورانی کی شکایت کی، ڈانٹا گیا، وسیم نے سمجھانے کی کوشش کی لیکن دیورانی کے کان پر جوں تک نہ رینگی۔ اس کا ہدف یہ تھا کہ کسی طرح یہ افرادِ خانہ کہیں چلی جائیں اور وہ بلاشرکتِ غیر وارث قرار دی جائے۔

انسان کی سوچ سے بہت آگے مالک کائنات سوچتا ہے۔ کسی کا حق مار کر کوئی کتنا دوڑ سکتا ہے؟ اسی دوران وسیم نے پہلے اپنے ابا سے اجازت لی پھر صبا سے شادی کی درخواست کی۔ صبا نے بھی وقت لیا اور یہ کہہ دیا کہ آپ اپنے والد کو ہمارے گھر بھیج دیں اگر والدین نے مناسب جانا تو اسے انکار نہ ہوگا اور اس طرح صبا نے ایک بہو، ایک ڈاکٹر بن کر وسیم کی دہلیز پر محبت کے چراغ جلائے۔ دیورانی کو تو آگ ایسے لگی کہ سر سے چلی اور پیر تک پہنچی لیکن کچھ کر نہ پائی۔ وہ تو اپنی خالہ کی بیٹی کو اس مقام پر دیکھنا چاہتی تھی لیکن ہوتا وہی ہے جو منظورِ خدا ہوتا ہے۔ سادگی سے نکاح و رخصتی ہوئی کہ کوئی خلاف قیاس بات نہ ہو جائے اور محبتوں کی چھم چھم پازیب پہنے صبا اماں کی زندگی میں آ گئیں۔ شبِ زفاف وسیم نے ایک بار پھر بات دہرائی کہ'' ماں ہی اس کی متاع حیات ہے۔'' اور اس نے بھی اس پر اپنی مہر ثبت کر دی کہ جنت جانے کا راستہ ماں کے قدموں تلے سے ہی گزرتا ہے۔

صبا کئی بار باتیں سنی ان سنی کر دیتی۔ ایک دن تو حد ہی کر دی کہ'' لو بڑی ڈاکٹر صاحبہ بنی گھومتی تھیں، کیا ہوا سارے سرٹیفکیٹ جھوٹے نکلے کہ کلنک نہیں جاتیں، گھر کی ہو کر رہ گئی ہیں محترمہ!! اس کا کیا راز ہے؟ اے منشی! ذرا پتہ تو کر آ کہ سٹیفکیٹ جعلی تو نہیں۔'' اور وہ بھونچکی رہ گئی۔ کیا کرے کیا نہیں۔ کلینک جائے تو گھر ہاتھ سے چھوٹتا ہے نہ جائے تو ایسے طعنوں کے لئے کہاں سے اتنا بڑا جگر لائے؟ لیکن اسے اپنا وعدہ یاد رہا۔ باقی سب بھول گئی اور تن من دھن سے اماں کی ہو گئی۔ اس طرح اُن کی دیکھ بھال کرتی جیسے

اپنے بچے کی کرتی ہو۔اماں بھی اس کا ساتھ پا کر ایسی خوش ہوتیں کہ کوئی دیرینہ سہیلی مل گئی ہو۔اس کے ساتھ گڑیا گڑیا کھیلتیں، دوڑ لگاتیں، کھیتوں میں تتلیوں کے پیچھے دوڑتیں۔ بہت بہت خوش ہوتیں۔

ایک دن وسیم کے ابو ایسے سوئے کہ پھر سویرا نہ ہوا۔کفن دے کر جب اماں کو سامنے لایا گیا تب بھی اس کی غائب دماغی کے آگے پہلے تو بس بیٹھی رہیں اور پھر وہی ہوا جس کا ڈر صبا کو تھا۔دلدوز چیخ کے ساتھ اس نے ہاتھ پیر چلانے شروع کئے۔ بلند آواز سے رونے لگیں اور مٹھیاں بھینچ لیں۔ کچھ منٹ نہ گزرے کہ دیوار پر سر مار کر خود کو لہولہان کر لیا۔صبا کے ساتھ وسیم اور ملازمہ بھی آگے بڑھے پر قابو پانا مشکل ہو گیا۔ایسی خوفناک حالت میں وہ دیورانی کی طرف دوڑیں اور اس کے بال پکڑ کر کھینچنے لگیں۔ بڑی مشکل سے بالوں کو چھڑایا اور مغلظات کا طوفان برپا ہو گیا۔صبا بھاگم بھاگ بیڈروم سے نیند کا انجکشن تیار کر، لے آئی اور کسی طرح وسیم نے کنٹرول کرا نھیں لگوایا پھر وہ ہوش وخرد سے بیگانہ ہو گئیں۔وسیم کاندھوں پر اسے کمرے میں لے آیا۔لیکن دیورانی کی زبان پر قابو نہ تھا۔سارے سوگواران بس ٹک ٹک دیدم کی کیفیت میں مبتلا تھے۔آخر کسی طرح ان کے میاں نے کھری کھری سنائی کہ موقع تو دیکھو کہ ابھی بھائی کا لاشہ آخری سفر کا منتظر اور گھر کی یہ حالت!!!

میت میں آئے لوگوں نے بھی تدفین کے بعد اپنے گھر کی راہ لی کہ اب اس گھر میں مشفق ہستیوں کا کال پڑ گیا تھا۔مزارعین کی آنکھیں خون کے آنسو رو رہی تھیں پر کیا کرتے کہ حالات سازگار نہ تھے۔دوسرے دن بھی چچی کا حال ویسا ہی رہا۔جہاں اماں کو ہوش آتا تو پھر بے قابو ہو جاتیں اور وسیم کے ابو! کہاں ہیں آپ؟ کہتیں، جواب نہ پا کر چیختیں اور دیوار پر سر مارنا شروع کر دیتیں۔صبا کی کوشش یہی رہتی کہ انجکشن سے ان کے ذہنی تناؤ کو کم کیا جائے۔کبھی کامیاب ہوتی اور کبھی ویسے ہی بے حال۔ہاتھ پاؤں باندھ کر رکھنے کی بھی نوبت آ گئی۔دل پر آری چلتی لیکن قابو پانے کے لئے کرنا پڑتا۔واحد علاج اسپتال جا کر بجلی کے شاک سے گزاریں لیکن نہ وسیم کو یہ گوارا تھا نہ صبا اس کی اجازت دیتی کہ ایک بار اس کا تانتا چل نکلے تو بار بار مریض کو اس کرب سے گزرنا ہوتا ہے۔

اب وقت آ چکا تھا۔صبا نے وسیم سے بتا دیا کہ اب صرف ماحول کی تبدیلی ہی انھیں کچھ بہتر بنا سکتی ہے۔وسیم کے آگے اور کوئی راستہ نہ رہا۔سوئم کے دن ہی اس نے چچا کے آگے اپنی بات رکھی۔اس نے کہا۔

''چچا جان! آپ میرے والد کی جگہ ہیں۔آپ کی عزت وتکریم میرے لئے مقدم ہے لیکن گھر کے حالات سے آپ باخبر ہیں۔اب میں کیا کروں آپ ہی مشورہ دیجئے۔اماں کو میں اس حالتِ زار سے نکالنا چاہتا ہوں۔ بتایئے کیا کروں؟'' چچی نے جوں ہی سنا فوراً لقمہ دیا۔

''کیا کروں کیا؟ پاگل خانے بھجوا دو یا اسپتال ڈال آؤ اور کیا کرو؟ اور تم اور بہو اپنا سوچو۔'' چچا نے ڈانٹ کر کہا۔

''زبان ہے کہ آری! جو منہ میں آئے بکتی رہتی ہو۔ کچھ وقت کا لحاظ بھی کر لیا کرو۔'' لیکن جن کی آنکھوں کا پانی اُتر جائے وہ کہاں کسی کی سنتے ہیں۔ ان کی بڑبڑاہٹ جاری رہی اور آخر چچا نے یہ فیصلہ سنا دیا کہ اگر ماحول بدلنا چاہتے ہو تو وہ دو گاؤں دور پار کی اراضی ہے وہیں چلے جاؤ اور اپنا نیا جیون شروع کرو۔ حالات ٹھیک ہوں تب دیکھ لیں گے۔ وسیم سوچ میں پڑ گیا کہ وہ قطعہء اراضی اتنی زرخیز بھی نہیں لیکن میری محنت، لگن اللہ کے حکم سے اسے ہرا بھرا بنا دے گی۔ اس نے حامی بھر لی اور اماں وصبا کے ساتھ وہاں سے کوچ کر لیا۔ وقتِ رخصت چچا، چچی سے کہہ دیا۔

''جب تک آپ لوگ یہاں ہیں یہ آپ کی لیکن جس دن اسے فروخت کرنے کا ارادہ کریں گے میں اپنا حصہ لینے آ جاؤں گا کہ وراثت اللہ پاک کا عطیہ ہے۔''

یوں وہ دور پار کا ہو گیا۔ دور پار کہاں؟ بس دو گاؤں کے ہی فاصلے تھے لیکن دلوں کی دوریوں نے دریا کے دو پاٹوں میں تقسیم کر دیا تھا جب کہ وہ کبھی تقسیم کا خواہاں نہ تھا۔

ذہن کو کچھ سکون ملا تو صبا نے بھی اماں کی طرف مکمل طور پر علاج شروع کیا۔ جگہ و حالات بدلے تو دوائیں بھی اثر دکھانے لگیں اور اماں کی طبیعت میں بھی کچھ فرق نظر آنے لگا۔ اب ہیجانی دورے موقوف تو نہ ہوئے لیکن کچھ کم ضرور ہو گئے۔

ماہ و ایام کا سفر جاری رہا۔ اماں یہاں بھی بچوں کے ساتھ گلی محلے میں کھیل کر خوش ہوتیں۔ تالیاں بجاتیں۔ بچے بھی ان سے مانوس ہو چلے تھے۔ ایک دن گر کھیلنے نہ آتیں تو بچے جاننے کے لئے دستک دے دیتے۔ بے بی اماں ان میں مقبول ہو گئی تھیں۔ صبا اکثر دور کھڑی رہ کر یا دریچوں سے جھانک کر ان کی حرکات وسکنات دیکھتی رہتی۔ پیر فلک آسمان خاموشی سے جاننے کی کوشش کرتا رہا کہ کیا اماں کی واپسی ممکن ہے؟ سر سبز زمین جس پر وسیم کی محنت رنگ لا رہی تھی اس سے بھی وسیم کی خاموش سرگوشیاں کہہ اٹھتیں ''اماں! واپس آ جاؤ۔'' لیکن نٹ کھٹ بچے بھی کہاں بڑوں کے دلوں کے حالِ زار سے واقف ہوتے ہیں۔

صبا ایک سائیکیاٹرسٹ تھی، وہ جانتی تھی کہ زندگی کا کوئی کمزور لمحہ یا بڑا صدمہ ان کی زیست کی شمع گُل کرنے کے لئے کافی ہوگا۔ وہ انھیں ہر طرح سے خوش رکھتی۔ ایک دن جب وسیم پرانی یادیں، وہ بچپن کے واقعات جو سینت سینت کر تصاویر کی شکل میں رکھے گئے تھے انھیں دیکھ رہا تھا۔ اماں بھی ساتھ بیٹھی ہوئی تھیں کہ آس کے پنچھی نے ایک زبردست اُڑان لی۔ اماں نے ایک تصویر اٹھا لی اور اسے بڑے غور سے دیکھنے لگیں۔ تصویر کو کبھی الٹا کرتیں کبھی سیدھا۔ مختلف زاویوں سے اس نے دیکھا اور آنکھوں میں آنسو بھر آئے۔ تصویر میں ابو ساتھ تھے اور اماں دلہن کے روپ میں ساری کا پلّو سر پر رکھے ہوئے تھیں۔ زیوروں نے ان کی خوبصورتی میں مزید اضافہ کیا ہوا تھا۔ ماتھے کا ٹیکہ اور لونگ کا لشکارا اپنی آب و تاب سے ان کی سج دھج کو

دوبالا کر رہا تھا۔ سونے کے کنگنوں کے ساتھ دھانی کانچ کی چوڑیوں کی کھنک کو شاید اماں نے آج پھر سے محسوس کر لیا تھا۔ منظر میں دور گگن کا چاند ان کی محبت کا گواہ تھا اور حویلی کے خوبصورت حوض میں امی کا ہاتھ جس کے پانی میں چاند کا عکس دکھائی دے رہا تھا اور ایسا لگ رہا تھا گویا اماں نے پانی میں چاند کو چھو لیا ہو۔ پرانی تصویر نے انھیں اس جگہ کھڑا کر دیا جہاں سے انھوں نے شبستانِ حیات کی دہلیز پار کی تھی۔ ہچکیوں کے درمیان وہ اس تصویر کو دیکھنے لگیں۔ ساتھ دوسری تصویر جس میں کالے لانبے بالوں کے ساتھ بنگالی ساری پہن رکھی تھی اسے نہارنے لگیں اور وسیم کو ہاتھ کے اشارے سے بتایا یہ میں ہوں اور میرے بال!!!! اور ہاتھوں نے بالوں کو تلاش کرنا چاہا لیکن وہ چمکتے بال تو کب کے اس سے رخصت ہو چکے تھے۔ بس وہ دیکھتے ہی رہ گئی۔ ہاتھ کے اشارے سے بالوں کے بارے میں چہرے پر سوالیہ نشان ابھرے اور یک لخت اس نے خود کو سمیٹا اور زمین پر ڈھیر ہو گئی۔ وسیم کی چیخ سن کر صبا دوڑتی ہوئی آئی پر جانے والی نے عدم کی دنیا آباد کر لی تھی۔

گلی کے نکڑ کا بورڈ جہاں گاؤں کے لوگوں کو انتقال پر ملال کی اطلاع دی جاتی ہے، وہاں درج تھا کہ مہرانساء بیگم، وسیم زمیندار کی امی کی تدفین عصر بعد گاؤں کے بڑے قبرستان میں کی جائے گی۔ اس تحریر کو پڑھ کر لوگ ایک دوسرے کا منہ دیکھنے لگے۔ یہ مہرالنساء کون ہیں؟ چہ میگوئیاں جاری تھیں کہ ہواؤں نے یہ بات وسیم تک پہنچا دی۔ غم کے گھٹاٹوپ اندھیرے سے اس نے خود کو نکالا اور بورڈ تک آ کر مہرالنساء نام کو اپنے ہاتھوں سے ہٹا دیا اور اس کی جگہ ''بے بی امّاں'' کا نام جگمگانے لگا۔ ہر گھر کا بچہ بچہ اب اس تدفین میں شریک ہو مٹھی بھر مٹی ڈال رہا تھا۔

◀◀ ● ▶▶

● سلمیٰ جیلانی

رشتوں کی دیمک

اس مدرز ڈے پر پہلی بار جب نو مانے اپنے ننھے ہاتھوں سے بنا کارڈ مجھے تھمایا تو خوشی سے آنکھوں میں آنسو چھلک آئے۔ دل نے کہا، دنیا میں اگر کوئی رشتہ اور تعلق بے غرض ہے تو صرف ماں اور بچے کا رشتہ ہے۔ پیاری اماں ...... میں نے آنکھیں بند کر کے اماں کو تلاش کرنے کی سعی کی مگر جانے کیوں مجھے ایک ایسی ماں کی یاد آئی جس نے اپنے ایک ماہ کے بچے کو زمانے کی سختیاں جھیلنے کو اکیلا چھوڑ دیا تھا۔

منحنی سا سمیر جسے سانس کا مرض تھا جب کھانسی کا دورہ پڑتا تو لگتا آج نہیں بچے گا، ہمارے دور پرے کا رشتہ دار اور پر سے پڑوسی ہونے کی وجہ سے اماں بہت خیر خبر رکھتیں۔ اکثر گھر میں جو اچھا کھانا پکتا اسے ضرور بھجواتیں، مگر مجھے اس سے عجیب سا حسد محسوس ہوتا، جب اماں کی توجہ اس کی طرف دیکھتی۔ اماں سمجھاتیں " بے ماں کا بچہ ہے، اس کے ساتھ تمہارا یہ برتاؤ ٹھیک نہیں۔" پر مجھے اپنی ماں کی محبت میں کسی کی شراکت داری بالکل پسند نہ تھی۔

کئی سال اسی طرح گزر گئے۔ سمیر کی کھانسی بھی اس کی عمر کے ساتھ جوان ہوتی گئی۔ بیماری اور مناسب دیکھ بھال کی کمی، وہ کوئی اچھی تعلیم بھی حاصل نہ کر پایا نہ کوئی کاروبار ہی ڈھنگ سے جما پایا۔ کچھ دن فرائی چپس کا ٹھیلا لگاتا پھر دل بھر جاتا تو کچھ اور بیچنے لگتا اور کبھی یوں ہی گلیوں میں آوارہ گردی کرتا پھرتا۔ سچ پوچھو تو اس کے ابا ہی کی کمائی پر گھر چل رہا تھا. دونوں باپ بیٹے اکثر چھوٹی چھوٹی باتوں پر جھگڑتے، ایسے میں اماں ابا ہی بیچ بچاؤ کراتے ...... مگر اماں کے بے حد اصرار پر بھی وجہ کوئی نہ بتاتا آخر جھگڑا کس بات پر ہوا ...... میرا ایف ایس سی کا رزلٹ آ گیا فرسٹ کلاس آئی اور سمیر میٹرک میں تیسری بار لڑھک گیا۔ میں آگے پڑھنا چاہتی تھی لیکن شادی ہوگئی اور میں کویت آ گئی اور یوں مکمل ہاؤس وائف بن کر رہ گئی، ان لوگوں سے رابطہ بس اماں کی بتائی ہوئی گفتگو تک ہی محدود رہ گیا......

فون پر کبھی کبھار ہی اماں اس کے بارے میں بات کیا کرتی تھیں لیکن آج انہوں نے خاص طور پر یہی بتانے کو فون کیا کہ سمیر اپنے باپ کو چھوڑ کر اپنی ماں کے پاس چلا گیا۔ اس کی ماں نے اسے پیغام بھیجا تھا۔ وہ اس سے ملنا چاہتی تھیں۔

''ہمم! تو گویا وہ جانتی تھیں کہ وہ کہاں ہے اور کس حال میں ہے......''

''ہاں ماں کی محبت ایسی ہی چیز ہے سعدی اور وہ تو بہت تر ساہوا تھا اچھا ہوا اسے اس کی ماں مل گئی''۔

میں سوچ رہی تھی، اماں بھی کتنی بھولی ہیں سب کو اپنی طرح سمجھتی ہیں۔ ایک عمر کی محرومیوں کو پل بھر میں کیسے بھلایا جا سکتا ہے۔ مجھے یاد آیا ایک دن جب اماں کے کہنے سے اس کے لئے گارلک نان اور دال مکھنی لے کر گئی تھی۔ وہ کمرے میں نہیں تھا، میز پر اس کی ڈائری کھلی پڑی تھی...... کسی عورت کے اوپری بدن کا عریاں اسکیچ بنا تھا جس کی چھاتیوں کے بیچ میں ننھا بچہ جس کے ہاتھ پاؤں نہیں تھے۔ بس سر اور دھڑ نظر آ رہے تھے جیسے بچہ ماں کی چھاتی سے دودھ چوسنے کی کوشش کر رہا ہو یا پھر ممتا کی گرماہٹ پانے کو اس کے سینے میں گھسنے کی جدوجہد میں اپنے ہاتھ پاؤں تک گنوا بیٹھا ہو...... وہ اسکیچ اتنی مہارت سے بنا تھا کہ ایک لمحے کو میں مبہوت ہو کر رہ گئی تھی......اس کے نیچے ایک ادھوری نظم لکھی تھی۔

میرے خوابوں کو دیمک لگی ہے
دروں گہرا اندھیرا رس کر
کسی کھائی میں
گرتا ہے
دل ٹکڑوں میں بٹ جاتا ہے
ایک کہتا ہے
اس پری کو بچالوں
جو دکھ کی نیلی جھیل میں رہتی ہے
جس پر نوٹوں کی مکڑیوں نے جالے بن ڈالے ہیں
دوسرا ٹکڑا
خود اس دیو کا قیدی ہے
میرے ساتھ ہی
ویران گھر میں رہتا ہے
اپنے آنسوؤں کی زنجیروں سے خود کو
آزاد کروں
گر اسے مار سکوں

اس ادھ کھلے صفحے نے گویا سمیر کے اندر کی دنیا کا وہ رخ مجھ پر وا دیا تھا جو بہت زرخیز تھا، لیکن

اس پر دکھ کی گہری پرچھاء نے اپنے پنجے بری طرح گاڑ رکھے تھے جن سے ہر وقت لہو رستا رہتا تھا- مجھے اس میں اکھیلس Achilles دکھائی دیتا یونانی دیو مالائی کردار جو اپنی لافانی طاقت کے باوجود اپنی کمزور ایڑیوں سے مات کھا گیا تھا- سمیر کا سینہ بھی شائد ممتا کی گرمی سے محروم رہ کر ہمیشہ کے لئے کمزور ہو گیا کتنا شاندار آرٹسٹ یا پھر شاعر ہو سکتا تھا وہ-

میرے نزدیک تو سمیر کے ابا ہی اس کی اماں تھے- اس نے اپنے باپ کو بڑھاپے میں چھوڑ دیا جنہوں نے اس کی خاطر دوسری شادی نہ کی کہ سوتیلی ماں بچے سے جانے کیسا سلوک کرے گی- مگر میں نے اماں سے کچھ نہ کہا- میں جانتی تھی وہ کبھی نہیں سمجھیں گی، پھر بھی یہی ظاہر کیا کہ ہم دونوں اس کے لئے خوش تھیں- اماں دیر تک اس کی باتیں کرتی رہیں-

کچھ ہی دن بعد اماں کا فون دوبارہ آیا۔ سمیر واپس آ گیا۔

''کیوں؟ وہ تو سب سامان بھی لے گیا تھا۔''

''ہاں، اس کی ماں کو اس کے دوسرے شوہر نے گھر سے نکال دیا تھا- اب اسے مضبوط سہارے کی ضرورت تھی، لیکن سمیر تو نکھٹو اوپر سے بیمار، وہ تو الٹا اس پر ہی پڑ گیا- کچھ ہی دن میں اس نے نئے نویلے بیٹے کو دھتکار دیا۔ وہ کہتا ہے اب کبھی اس کی شکل نہیں دیکھوں گا- بہت رو رہا تھا، بچوں کی طرح...... حسب معمول میں نے ہی اسے سہارا دیا۔''

اماں کی بات کاٹتے ہوئے میں نے شکایتی لہجے میں کہا۔

''ہاں اصل میں تو اس کی اماں آپ ہی ہیں- وہ پتا نہیں اپنی پیدا کرنے والی ماں میں وہ پیار ڈھونڈتا رہا جو اسے وہاں کبھی نہیں مل سکتا تھا- اماں اس بار بالکل خاموشی سے میری شکایت سنتی رہیں- میں چشم تصور سے ان کا سمیر کے لئے فکر مند چہرہ دیکھ رہی تھی اور دل میں کڑھ رہی تھی-

اب میں خود ماں بن چکی تھی- ننھی نوما کی دیکھ بھال میں ایسی مگن ہوئی کہ اماں سے بات کرنے کو ترس کر رہ گئی۔ انہیں فون کرنے کا وقفہ بڑھتا ہی جا رہا تھا۔ میں نے محسوس کیا اماں اب سمیر کا ذکر بھولے سے بھی نہیں کرتی تھیں۔ مجھے تجسس ہونے لگا آخر ایک دن پوچھ ہی لیا۔

''اماں! کیا سمیر لوگوں سے آپ کی لڑائی ہو گئی؟ آپ ان کے بارے میں کوئی بات ہی نہیں کرتیں، وہ مادرانہ شفقتیں ہوا ہو گئیں کیا''

''ہاں، یہی سمجھ لو۔'' اماں مختصر سا جواب دے کر خاموش ہو گئیں۔ مجھے لگا دال میں کچھ کالا ہے لیکن انہیں چھیڑنا مناسب نہ سمجھا۔

ایک شام نوما کو کاٹ میں سلا رہی تھی تبھی ابا کا فون آ گیا۔ باتوں ہی باتوں میں سمیر کی خیریت بھی

دریافت کر لی۔ابا چپ ہو گئے۔

''کیا بات ہے ابا! اس دن اماں بھی ایسے ہی چپ ہو گئیں تھیں......آخر کیا ہوا ہے سمیر کو؟'' چند لمحوں کی خاموشی کے بعد ابا گویا ہوئے۔

''کیا بتاؤں......سمیر کی ماں بہت بیمار ہو گئیں تھیں اور ایدھی ہسپتال میں داخل تھیں۔''

''ایدھی میں......وہ تو بہت امیر تھیں نا!''

''ہاں......تھیں تو لیکن ان کا سارا کاروبار ان کے نئے شوہر کے ہاتھ میں تھا جس نے دھوکے سے سب کاغذات پر دستخط کرا لئے۔صدمے سے جب وہ بیمار ہو گئیں تو کسی نے انہیں ایدھی میں داخل کرا دیا۔ انہوں نے ہی سمیر کو اطلاع دی بیماری کی۔سمیر مگر دیکھنے نہ گیا۔کچھ دن میں ان کا انتقال ہو گیا۔تب وہ ہسپتال گیا۔مگر میت کو گھر نہیں لایا۔ وہیں لاوارثوں کے قبرستان میں تدفین کا کہہ آیا۔کئی دن تک ہمارے گھر بھی نہیں آیا۔پھر ایک دن دونوں باپ بیٹا میں ایک بار پھر زور کی لڑائی ہوئی اور اسی لڑائی میں یہ راز بھی کھلا...... تمہاری ماں اور میں دونوں صدمے سے گنگ ہو گئے۔وہ نیک بخت تو کہتی ہی رہ گئی۔''سمیر تم نے ہمیں غیر سمجھا جو لاوارثوں میں دفن کرا دیا۔ایسا تو کوئی دشمن کے ساتھ بھی نہیں کرتا۔یہ تم نے کیا کیا؟'' سمیر نے جواب میں ایسی نظروں سے ہمیں دیکھا......دکھ کی کاٹ اندر تک دل کو زخمی کر گئی......اس دن سے ہم اور وہ ایک دوسرے سے نہیں ملتے۔'' ایک لمحے کو تو میری سمجھ میں ہی نہیں آیا کیا کہوں پھر کہیں دور سے اپنی آواز آتی سنائی دی۔''یہ آپ نے اچھا نہیں کیا ابا، آپ دونوں نے ایسے وقت میں اس کا ساتھ چھوڑ دیا جب اسے سب سے زیادہ جذباتی سہارے کی ضرورت تھی۔'' مجھے خود پر حیرت ہوئی سدا کی سمیر سے جلنے والی سعدی کیا ہوئی۔

''لیکن ہم کیا کرتے بیٹی! جب وہ خود ہی کسی سے نہیں ملنا چاہتا۔اس نے خود کو اپنی ہی دنیا میں گم کر دیا جہاں دکھ اور تنہائی کے سوا کچھ نہیں۔''

''انکل بھی کچھ نہیں کہتے اسے۔''

''وہ کیا کہیں گے، خود خاموش سے رہنے لگے ہیں۔''

لیکن آپ کو پتا لگانا چاہئے ابا......آخر کوئی ماں ایسی کیسے ہو سکتی ہے اس کے پیچھے کچھ تو وجہ ہوگی۔''

''کوئی وجہ نہیں، بعض عورتیں ایسی ہی ہوتی ہیں، انہیں بس اپنی آسودگیوں سے غرض ہوتی ہے......تم نہیں سمجھو گی ابھی۔'' ابا جانے کیا کچھ کہتے رہے مگر میرا ذہن اس گتھی کو سلجھانے میں لگا تھا، سمیر کی ماں اتنی بے وفا کیوں تھیں؟

مجھے گھر واپس آئے ہوئے کئی روز ہو گئے تھے- برابر میں اب اکثر خاموشی ہی رہتی لیکن سمیر کی کھانسی کی آواز رات کے سناٹے کو چیر جاتی- وہ باہر برآمدے میں کم ہی بیٹھتا- اس رات بھی اسے کھانسی کا

شدید دورہ پڑا، اماں، ابا تو شائد اس آواز کے عادی ہو چکے تھے یا کان دبا کر اپنے کمرے میں پڑے تھے، لیکن مجھ سے برداشت نہ ہوا، سارے اختلافات بھلا کر اس کے گھر کی طرف دوڑی- مین گیٹ کھلا ہوا تھا، کھانسی کی آواز کا پیچھا کرتی کمرے میں داخل ہوئی. سمیر کے ابا اسے سنبھالنے میں لگے تھے تھوڑی دیر میں جب اس کی حالت بہتر ہوئی تو نسخوں سے بھری فائل میرے ہاتھ میں دیتے ہوئے کچھ دواؤں کی تفصیل پوچھنے لگے، ایسا لگ رہا تھا حالات کو معمول کے مطابق ظاہر کرنے کی ناکام کوشش کر رہے ہوں، جیسا کہ وہ ہمیشہ کرتے آئے تھے۔ کمرے میں بے نام سی اداس خاموشی نے ڈیرہ ڈال رکھا تھا۔ سمیر کا حلیہ بھی اس کے کمرے کی طرح بکھرا ہوا اور بیمار تھا۔ لگتا تھا زندگی نے ان دونوں باپ بیٹوں کی طرف دیکھ کر مسکرانا چھوڑ دیا ہو- سمیر آنکھیں موندے بستر پر کسی ہڈیوں کی ڈھیری کی طرح پڑا تھا، مجھ سے اس کی حالت دیکھی نہ جا رہی تھی۔ اپنے بوجھل قدموں کو گھسیٹتی باہر کی طرف بڑھی-

”سعدی، تم آتی رہنا، تمہارے آنے سے سمیر کا دل لگا رہے گا۔“ اس کے ابا کے لہجے میں ایسی التجا تھی کہ میں ٹھٹک کر رک گئی۔

”نہیں...... تم کل نہیں آنا...... بلکہ کبھی مت آنا۔“ سمیر کی سرد آواز جیسے کسی کنوئیں سے آتی ہوئی محسوس ہوئی۔ دفعتاً اس نے اپنے تکیے کے نیچے سے مڑا تڑا سا ایک کاغذ نکالا جو کسی کا خط معلوم ہو رہا تھا۔

”یہ لے جاؤ اور گھر جا کر پھوپی اماں اور پھوپھا کو بھی پڑھوا دینا۔“

”یہ مجھے ایدھی کے دفتر میں اس نرس نے دیا تھا جو امی کے آخری وقت میں ان کے ساتھ تھی۔“

اس نے اپنے کانپتے ہاتوں سے وہ خط بستر کی پائنتی کی طرف اچھال کر کروٹ بدل لی۔

وہ بوسیدہ خط اپنی بیچارگی سے مجھے تک رہا تھا...... میں پڑھتی گئی...... پڑھتی گئی۔ آخری سطر پر پہنچی تو میرے ہاتھ اسی طرح کانپ رہے تھے جیسے اسے تھماتے ہوئے سمیر کی آنکھیں اشکوں سے بھر چکی تھیں۔ یہ خط سمیر کی ماں نے بستر مرگ پر جانے سے کچھ پہلے اسے لکھا تھا...... اپنی سرد مہریوں پر پچھتاوے سے بھرا ہوا لکھا تھا......

”مجھے معلوم ہے شائد تم یہ خط کبھی نہ پڑھو پھر بھی لکھے دیتی ہوں۔ شائد تم مجھ سے کم نفرت کرو...... ہاں ساری عمر اس بات کا خیال نہ آیا...... لیکن اب جب کہ موت چند قدم کے فاصلے پر ہے اپنا بوجھ اتار دوں تو اچھا ہے۔ ہاں مجھے مردوں سے نفرت تھی پھر بھی میں نے ایک کے بعد ایک کتنے مردوں کو اپنے حسن کے جال میں پھنسایا...... انہیں لوٹا، پھر تڑپنے کو چھوڑ دیا۔ تم تو بیٹے ہو پھر بھی تمہیں چھوڑ دیا۔ کتنا تمہارا باپ گڑگڑایا تھا جب تمہیں لے کر میری چوکھٹ پر آیا تھا...... دیکھو حسن بانو...... اس ایک ماہ کے بچے کا ہی خیال کرو...... اسے تمہاری ضرورت ہے۔ مگر میں نے کمرے کے باہر ہی سے اسے دھتکار دیا تھا...... آہ...... کیوں کیا تھا میں نے ایسا...... پھر جب سردار خان سے نکاح کیا تھا...... ایک ماہ میں ہی اسے لوٹ کر

سارے گہنے جو اس نے مجھے بنوائے تھے اور امریکی ڈالروں کی گڈیاں......مہینوں کام آئیں......بہت پیچھا کیا اس نے میرا......پولیس لگوادی......پھر بھی میں اتنی شاطر ہوگئی تھی کہ اس کے ہاتھ نہ آئی.......پھر تمہیں ایک بار پھر دھوکہ دیا......کیوں......تم تو اپنے ماں جیسے باپ کو چھوڑ کر میرے پاس چلے آئے تھے......میرا پیار پانے کو...... مگر سوتے تو خشک تھے......تمہیں پیار کیا دیتی......میں ماں کہلانے کے قابل نہیں......نہ ہی بیوی......آخری بار جسے اپنایا...... جسے اپنا سمجھا تو وہی میری پیٹھ میں چھرا گھونپ گیا......شائد اب میرے حسن کی چھری کند ہو چکی تھی.......ہاں میرے ساتھ یہی ہونا چاہئے تھا.........آگے بھی کچھ لکھا تھا......مگر آنسوؤں کے دھبوں میں چھپ گیا تھا .... پھر ایک لائن لکھی تھی......

بچپن کے زخم ہرے ہی رہے۔ کاش میری ماں نے مجھے ایسے گلیوں میں کھیلنے کو نہ چھوڑا ہوتا ...... دکانوں پر اکیلے سودا لینے..... سپارہ پڑھنے کو خالہ بی کے گھر گھنٹوں کے لئے نہ بھیجا ہوتا......کاش میری ماں تم......اتنی سیدھی نہ ہوتیں......کیوں تم نے میری حفاظت نہ کی......کیوں بیٹی پیدا کی تھی......کیوں اللہ نے مجھے......حسن دیا......غریب لڑکی کو تو بدصورت ہونا چاہئے ...... کوئی اس کی طرف بری نگاہ نہ ڈالے...... میں نے بھی پھر......سارے مردوں سے خوب...... بدلہ لیا...... تم سے بھی...... تمہارا تو کوئی قصور بھی نہ تھا......نہ تمہارے بے وقوف باپ کا......تمہاری صورت میں مجھے اپنا چاچا نظر آیا...... بلکل ویسی ہی بڑی بڑی آنکھیں ...... مجھے گھورتی ہوئی آنکھیں ...... جیسے مجھے بے لباس دیکھتی ہوں...... اور تمہارے باپ کو ہوش ہی نہ تھا...... اس کے ممیرے بھائی گھر میں کس کے لئے آتے تھے...... وہ مجھے بالکل اپنی اماں کی طرح پاگل لگتا تھا......میری حفاظت نہ کر سکا۔ سب مرد ایک سے ہوتے ہیں ...... یہی سمجھتی رہی ساری عمر......مگر نہیں......اب جب مرنے کو پڑی ہوں ...... مجھے فٹ پاتھ سے...... کسی مرد نے ہی اٹھایا...... یہاں لایا...... میرے زخموں کو دھویا...... مجھے مٹی میں لتھڑے وہیں مرنے دیا ہوتا تو اچھا تھا......''

آنسوؤں کے دھبوں نے اس غموں سے بھری تحریر کو اپنے دامن میں چھپا لیا تھا۔

● سبین علی

سیلمون فِش

جو آج بہت پریشان تھی۔ جب وہ مادام کے چہرے اور گردن پر نرمی سے مساج کر رہی تھی تو اس کی آنکھوں میں تھکن کے آثار اور ماتھے پر تفکر کی گہری لکیریں تھیں- یہ کوئی ایسی انہونی بات تو نہیں یہاں ہر غیر ملکی ورکر کے چہرے پر تھکن اور آنکھوں میں منجمد ایک سی اداسی نظر آتی ہے۔ مگر جو میری ہم وطن اور آجکل واحد سہیلی ہے۔ میں اسے پچھلے ایک سال سے جانتی ہوں۔ مادام کچھ عرصے سے اُسی سیلون سے خدمات لے رہی ہیں۔ان کے ساتھ اکثر وہاں جاتے میری جو سے اچھی شناسائی ہو چکی ہے۔

جو اور اس جیسے کئی اجنبی ملازمین (ہم غیر ملکیوں کو یہاں اجنبی کہا جاتا ہے) کی پریشانیاں دیکھ کر میں خداوند کا شکر ادا کرتی ہوں کہ میرے سپانسرز بہت اچھے لوگ ہیں۔ مادام اپنے ساتھ شاپنگ پر لے جاتی ہیں تو کبھی کبھار میرے لیے بھی اچھے کپڑے اور آرام دہ جوتے خرید لیتی ہیں۔ نیا فون خریدنے پر کئی بار اپنا پرانا مگر قیمتی سیل فون مجھے دے دیتی ہیں۔سال میں چند بار کسی اچھے بیوٹی سیلون سے میری ہئیر کٹنگ وغیرہ بھی کروا دیتی ہیں۔

تیرہ اگست......

مادام کو لمبے بال بالکل پسند نہیں اور یہ بھی پسند نہیں کہ کبھی کوئی بال کھانے سے برآمد ہو،اس لیے میرے بال ہمیشہ بہت مختصر ہوتے ہیں۔ حالانکہ مجھے اپنے لمبے اور سیدھے بال بہت پسند ہیں۔مگر اپنی پسند کے کپڑے، بال یا اسٹائل تو مدتوں سے ایک خواب بن چکے ہیں۔لیکن دوسروں کے حالات سن کر ہر بار میں خود کو تسلی دیتی ہوں۔ان بیس برسوں میں کبھی مجھے جسمانی تشدد کا سامنا نہیں کرنا پڑا جو اکثر گھریلو خادمائیں کنٹریکٹ کے ساتھ مقدر سمجھ کر قبول کرتی ہیں۔تنخواہ بھی دیر سویر سے مل ہی جاتی ہے۔میں اپنی ملازمت سے بڑی مطمئن ہوں مگر جو کے ساتھ ایسا معاملہ نہیں وہ ہر وقت پریشان اور اندیشوں میں گھری رہتی ہے۔

بیس ستمبر......

آج کا دن پھر بہت بھوجل سا تھا۔ وطن میں کہیں کھو چکے پرانے رشتے بہت یاد آ رہے تھے۔ آج جو بھی بہت الجھی ہوئی لگ رہی تھی۔ مادام کا گاؤن سنبھالتے ہوئے میں اس سے اپنی مقامی زبان میں

پوچھا کہ اسے کیا پریشانی لاحق ہے۔تو کہنے لگی۔

''کیا بتاؤں سیسی! مادام کسی صورت میری تنخواہ بارہ سو سے بڑھانے پر راضی نہیں- مجھ سے وطن میں دو ہزار کا معاہدہ کیا گیا تھا مگر جب یہاں آئی تو مادام نے کہا تم تجربہ کار نہیں ہو۔حالانکہ تب میں وہاں ملٹی نیشنل سیلون میں ملازمت کر رہی تھی۔'' بڑی مہارت سے دائرے کی شکل میں پھسلتی ویکس بال گھماتی اس کی انگلیاں دیکھ کر میں نے کہا۔

''یہ تو سراسر زیادتی ہے۔تمہیں بھلا کس کام کا تجربہ نہیں؟''

''مادام کہتی کہ تمہیں کئی بیوٹی ٹریٹمنٹس ٹھیک سے کرنا نہیں آتے۔کسٹمرز تمہارے کام سے مطمئن نہیں ہوتے۔سیدھی سادی کٹنگ کرتی ہو۔جدید انداز کا آئی میک اوور تمہیں نہیں آتا اور جانے کیا کچھ کہتی رہتی ہیں۔ان کی زبان کی پوری سمجھ آتی ہے نہ بات کی۔کئی بار پاسپورٹ واپس مانگا کہ اس سے زیادہ تنخواہ تو مجھے اپنے وطن میں مل رہی تھی مگر وہ اس پر بھی تیار نہیں۔''

''پیچھے وطن میں تمہارے بچے تو نہیں؟'' میں نے پھر ذہن میں اُمڈ آئے ماضی کا خیال جھٹکتے ہوئے اس سے پوچھا۔

''پانچ بچے ہیں......تین پہلے شوہر سے اور دو دوسرے سے......اوپر سے شوہر بھی بیمار...... اس کی شوگر بگڑ چکی ہے۔سمجھ نہیں آ رہی کہ کس مصیبت میں پھنس گئی ہوں۔بچوں سے دور مشقت اٹھا کر بھی نہ پیسے مناسب ملتے ہیں اور نہ ہی کنٹریکٹ ختم ہونے سے قبل واپس جا سکتی ہوں۔مگر دیکھو وہ میریسا میرے ساتھ ہی آئی تھی اس کی کتنی جلد ترقی ہوئی اب اس کا شمار سینیئرز میں ہوتا ہے۔''

چار اکتوبر......

جو کا فیس بک پر پیغام آیا تھا۔میریسا کو کسی کسٹمر کی جانب سے شدید جنسی تشدد کا سامنا کرنا پڑا۔ اس کے ہونٹ پھٹے ہوئے، چہرہ داغدار اور جسم پر جا بجا نیلے نشانات تھے۔کل ہی مالک کے تشدد سے بنگلہ دیشی ملازمہ کے قتل کی پوری کہانی بھی اخبارات میں آئی۔ وہ کئی ماہ تک اپنے مالک کا جنسی وجسمانی تشدد برداشت کرتی رہی۔اس ملازمہ پر بار بار فرار ہونے کی کوشش کرنے کا الزام بھی بہت اچھالا گیا۔اس کے لیگل اسپانسر اور قاتل کو عدالت نے نفسیاتی مریض قرار دے کر علاج کا مشورہ دیتے ہوئے بری کر دیا۔ ان حالات میں میریسا یقیناً پولیس میں کبھی رپورٹ نہیں کرے گی۔

دس نومبر......

میں کئی دنوں تک مادام کے ساتھ جم نہ جا سکی نہ ہی جو سے ملاقات ہوئی۔چند ماہ بعد پتہ چلا کہ وہ جم اور سیلون کسی اور نے خرید لیا ہے اور ساری مینجمنٹ تبدیل ہو چکی ہے۔جو کے پاس میرا فون نمبر تھا پھر بھی

رابطہ نہیں کیا اس نے۔ جانے کس حال میں ہوگی؟ اسے واپس لوٹ جانا چاہیے۔ کہیں میری طرح وہ بھی مستقلاً پردیس کی باسی بن کر نہ رہ جائے۔ میری ملازمت کے پچیس سال مکمل ہو چکے ہیں۔ یہیں پر عمر بیت گئی اور اب بڑھاپے کی آمد آمد ہے۔ میرے سپانسرز بھی ضعیف عمر میں داخل ہو چکے ہیں۔ اب ان کی تمام اولادیں مغربی ممالک میں سکونت اختیار کر چکی ہیں۔ عمر کے ساتھ بڑھنے والی تکان اپنی جگہ مگر پھر خود کو تسلی دیتی ہوں اب کام کا دباؤ بھی تو کم ہے۔ صرف دو لوگوں کی دیکھ بھال ہی تو کرنا ہوتی ہے۔

پانچ جنوری......

ڈرائیور گل خان بھی پچھلے سال اپنے وطن لوٹ گیا تھا۔ اس کی جگہ آج نیا فلپینی ڈرائیور آ گیا ہے۔ مگر میں نے کہاں جانا ہے اب وطن میں۔ کوئی بھی اپنا نہیں جس سے رابطہ باقی ہو۔ کفیل کے وہ بچے جنہیں میں نے پال پوس کر بڑا کیا تھا جب بھی یورپ سے یہاں آتے ہیں تو بڑا لحاظ کرتے ہیں۔ کئی چھوٹی موٹی چیزیں بھی لاتے ہیں مگر ان سب اشیاء کی اب مجھے کوئی ضرورت ہی پیش نہیں آتی۔

دس فروری......

کل جو کا فون آیا تھا۔ وہ اپنے سفارت خانے کے ساتھ رابطے کی کوششوں کا بتا رہی تھی تا کہ کسی طرح وطن واپس جا سکے۔ وہ بہت فکر مند تھی۔ اگر اسی دوران اس کے شوہر کی طبیعت زیادہ بگڑ گئی تو اس کے بچوں کا کیا بنے گا؟ وہ مجھے پوچھ رہی تھی کہ آخر اتنے سال کبھی چھٹی لے کر بھی کیوں نہیں گئی۔ ایک ہی جگہ اتنا عرصہ کیسے گزار دیا جبکہ گھریلو خادماؤں کا فرار ہونا تو یہاں ایک معمول بن چکا ہے۔

واپس جاتی بھی تو کس کے پاس؟ ماں باپ چل بسے تھے......شادی ہوئی تو ناکام۔ ایک بیٹی تھی جو میرے یہاں آنے کے بعد نمونیہ سے وفات پا گئی۔ پھر دل پر پتھر رکھ لیا اور وطن میں موجود اپنے کم سن بہن بھائیوں کی ذمہ داری اٹھا لی۔ انہیں اپنے پاؤں پر کھڑا کرتے، ان کی ضروریات پورا کرتے یہ یاد ہی نہ رہا کہ چھٹی لے کر وطن جاؤں۔ جبھی تو یہاں مادام کو کبھی تنگی نہ ہوئی اور میں نے بھی اپنی ذمہ داریوں کے علاوہ کبھی کچھ نہ سوچا۔

چار مارچ......

گل خاں مجھے کہا کرتا تھا کہ کب تک اس طرح تنہا زندگی گزارو گی؟ یہیں کسی سے شادی یا زواج مسیار ہی کر لو۔ کیا ساری عمر اسی طرح دوسروں کی خدمت کرتے گزار دو گی؟ اور میں اس سے پوچھتی خان بتاؤ بھلا زواج مسیار کی جز وقتی شادی کر کے کونسا گھر بستا ہے؟ چار دن ساتھ رہو گے پھر تم تو اپنے وطن سدھارو گے اور میں شاید یہیں مر کھپ جاؤں یا شاید وطن لوٹ جاؤں۔ مگر واپس جا کر وہاں کیا کروں گی؟ اتنے سال یہاں گزارنے کے بعد اب وطن تو ایک دھندلا سا یہ بن چکا ہے۔

پندرہ اپریل......

بہتر معاشیات کی تلاش میں ہمارا وہ حال ہوا ہے جیسے ریل کے پیچھے تیز بھاگتے مسافر کی جمع پونجی وہیں کہیں پلیٹ فارم پر دھری رہ جائے اور مسافر ریل پر سوار کسی اجنبی زمین پر جا پہنچے۔ ہمارا اصل حاصل جانے کہاں رہ گیا تھا۔ اپنے آبائی محلوں میں، ریل کی پٹری پر یا جدید بین الاقوامی ہوائی اڈوں پر؟ پھر ماہ و سال کے مدوجزر میں عمر کی نقدی بھی تھکے ہارے ملاح کے ہاتھ سے کشتی کی ڈور کی مانند پھسلتی چلی گئی۔ یہاں کئی قوموں کے باشندوں نے اپنی آزادیاں، خواب، شب وروز اور اپنے احساسات تک گروی رکھ کر فقط کچھ مادی چیزیں خریدی تھیں۔ وہ چیزیں بھی بیشتر لوگوں نے اپنے لیے نہیں بلکہ دوسروں کے لیے حاصل کی تھیں۔ اور وقت اتنی تیزی سے کروٹ بدلتا ہے جیسے صحراؤں میں دن ڈھلے تک روشنی رہتی ہے اور پھر سورج ڈوبتے ہی اچانک اندھیرا چھا جاتا ہے۔ ایسے ہی عمر کا سورج اوٹ میں جا چھپا جس کا ادراک بہت دیر سے ہوا۔

یکم مئی......

مادام کہتی ہیں اب مجھے اپنے وطن واپس چلے جانا چاہیے۔ بڑھاپا آرہا ہے۔ اتنے بڑے گھر کے کام سنبھالے نہیں جاتے۔ وہ کسی نئی خادمہ کا بندوبست کریں گی۔ آج مادام کی بات سن کر مجھے گل خان بڑا ہی یاد آرہا ہے۔ وہ کہا کرتا تھا وقت پر لوٹ جانا چاہیے ورنہ آشیانے بھی پہچاننے سے انکاری ہو جاتے ہیں۔ اجنبی زمینوں پر انسان تنکوں سے بھی ہلکا ہوتا ہے۔ زمانے گزار دو خود کو پودوں کی مانند...... زمین میں گاڑ لو تب بھی اجنبی انسانوں کو بیگانی مٹی جڑیں نہیں گاڑنے دیتی۔ کوئی اندازہ نہیں ہوتا ہوائیں کب انہیں اذن سفر دے دیں۔

دس جون......

جو واپس چلی گئی۔ جاتے وقت وہ فون نہ کر سکی تھی، بس ایک پیغام چھوڑ گئی تھی۔ وہ جم اور سیلون تیسری بار فروخت ہو چکا ہے۔ اس کی کولیگ میریسا پہلے ہی واپس جا چکی ہے۔ سالانہ میڈیکل چیک اپ میں اس کا ایچ آئی وی پازیٹیو آیا تھا تو محکمہ پاسپورٹ نے اسے ڈیپورٹ کر دیا۔ وہ سیلون شاید کسی بھی مالک کو راس نہیں آیا۔ کل جب اس سڑک سے گزری تو وہاں ایک سپر مارکیٹ کی تعمیر ہو رہی تھی۔ کبھی کبھی ایسا کیوں ہوتا ہے کہ زمینیں بھاری اور بنجر ہو جاتی ہیں...... کیا واقعی آہیں اپنا اثر رکھتی ہیں؟ لیکن اگر ایسا ہوتا تو اس روئے زمین پر انسانوں کے ستم اتنے ہیں کہ کچھ بھی باقی نہ بچتا۔

تیس جون......

اول تو رات کو اندیشوں میں گھرے نیند ہی نہیں آتی اگر آ بھی جائے تو عجیب وغریب خواب ستانے لگتے ہیں۔ اکثر خوابوں میں مجھے آبی جھیلوں کے کنارے تعمیر پرانے لکڑی کے گھر نظر آتے ہیں۔ انہیں میں میرے بچپن کا گھر بھی ہے جہاں آنکھ کھولی، جہاں غربت اور محرومی دیکھی۔ مگر اس گھر میں ایک آزادی تھی، اپنا پن تھا۔ غربت، جھیلیں، رشتے، درخت، دوست اور پرندے سب کچھ اپنا تھا۔ اتنے عرصے

بعد یہ سب خوابوں میں کیوں نظر آنے لگا ہے۔ کیا پرانے گھر ہمیں پکارتے ہیں؟ پھر خود کو سمجھاتی ہوں کہ اکثر لوگوں کو وہ پرانے بچپن کے گھر نظر آتے ہوں جو باقی نہیں رہتے۔

دس جولائی......

تھکن سے چور بدن لیے راتوں کو کروٹیں بدلتے اب سوچیں بھی نئے رخ اختیار کر چکی ہیں۔ مجھے ایسا کیوں لگتا ہے اس دور میں غلامی کا مفہوم بدل چکا ہے۔ اب بین الاقوامی غلامی کے لیے نئے دلکش الفاظ ہیں اور نہ صرف لوگوں بلکہ پوری پوری قوم کو غلام بنانے کے جدید طریقے رائج ہو چکے ہیں۔ معیشیت کے پھندے اس طرح پھیلائے گئے ہیں کہ غریب شخص یا قوم کے لیے اس چنگل سے آزاد ہونا دور دور تک نظر نہیں آتا۔ میں نے یہاں غیر ملکی لوگوں کو اپنے پیاروں کے لیے چند برانڈڈ چیزوں کے عوض زندگیاں رہن رکھتے دیکھا ہے۔ پھر بھی وہ اپنوں کے خلوص سے محروم رہ جاتے ہیں۔ دوریاں بیچ میں خود غرضی کی دیواریں حائل کر دیتی ہیں اور بے وطن محبتوں کے متلاشی ان دیواروں کو قیمتی تحفوں کی مدد سے پھلانگنے کی کوشش کرتے ہلکان ہوئے جاتے ہیں۔ پھر ایک وقت آتا ہے کہ تحفوں کے صرف برانڈ نیم باقی بچتے ہیں۔ خلوص محبت رشتے سب مٹی کے ڈھیر کی مانند ڈھے جاتے ہیں۔ لوگ دوسرے ممالک کی طرف ہجرت بہتر اور محفوظ مستقبل کے سپنے سجائے کرتے ہیں۔ اب سوچتی ہوں کہ آخر کامیابی ہے کیا؟ بہتر مستقبل کیا ہوتا ہے اور حاصل کیسے ہوتا ہے؟ بڑے بڑے ہوائی اڈوں، سڑکوں، ہوٹلوں اور ریسارٹس میں مجھے چیونٹیوں کی مانند رینگتے بے وقعت انسانوں کا لہو پسینہ نظر آتا ہے۔ وہ اپنوں اور بیگانوں کے دوطرفہ استحصال کا شکار وقت کا ایندھن بنے رہ جاتے ہیں۔ کنکریٹ کے مکان، بنک بیلنس اور قیمتی اشیاء کی چاہ میں جھیلیں، درخت، آبی پرندے سب چھوٹ جاتے ہیں مگر بہتر مستقبل پھر بھی نہیں ملتا۔

اکتیس جولائی......

اب یہ فون ہی میرا اکلوتا دوست رہ گیا ہے۔ انٹرنیٹ پر اپنے، جو، میریسا اور گل خان جیسے لوگوں کے بے شمار قصے پڑھتے پوری دنیا کی نئی گلوبل تصویر اب زیادہ واضح نظر آنے لگی ہے۔ مجھے جلد ہی استعمال شدہ ڈسپوزاایبل برتن کی مانند فارغ کر دیا جائے گا۔ پچھلی صدی میں جتنے وسیع پیمانے پر دنیا بھر میں معاشی ہجرتیں ہوئیں انہوں نے اس صدی میں نئی طرز کی ڈسپوزاایبل غلامی کی داغ بیل ڈال دی ہے۔ ٹشو پیپر کی مانند انسانوں کو استعمال کرو، جب تک ضرورت ہو ان کی ذہنی وجسمانی توانائیاں استعمال کرو اور جب چاہو پھینک دو۔

یکم اگست......

میرے پاسپورٹ پر فائنل ایگزٹ لگ چکا ہے۔ کسی بھی دن فلائیٹ مجھے ان ریتلی زمینوں سے دور لے اڑے گی۔ سوچ رہی ہوں وطن پہنچ کر جاؤں گی کہاں؟ سارے رشتے ناطے تو کہیں بیچ راہ چھوٹ چکے ہیں۔ مگر اب مجھے بھی سیلمون فش کی مانند سمندر سے واپس دریا اور پھر آبائی چشمے کی طرف لوٹ جانا

چاہیے۔شاید کہیں ان پرانی آبی جھیلوں کا نشان مل جائے جہاں ہمارا لکڑی کا بنا گھر ہوا کرتا تھا۔

تیرہ اگست......

ائیر پورٹ کا عملہ اور سیکیورٹی اہلکار جہاز کے اندر موجود تھے۔اسٹریچر پر ڈال کر دوران پرواز انتقال کر جانے والی خاتون کی نعش کو ہسپتال منتقل کیا گیا جس کی شناخت سیسی بیٹلون کے نام سے کی گئی۔اس کے پاسپورٹ پر لکھا پتہ تبدیل ہو چکا تھا ورثاء کا پتہ لگانے کے لیے سیل فون کے تمام فولڈرز کھولے گئے مگر کسی ایڈریس کی بجائے نوٹس میں لکھی یہ تحریریں ملیں جن پر سیلمون فش کا ٹیگ لگا ہوا تھا۔

◀◀ ● ▶▶

● شاہین کاظمی

پیار، پیاز اور پیلا ربن

بہت کچھ اَن کہا، اَن سنا تھا۔ لمحے پھسلے تو دکھ اندر اُتر کر برف کی ڈلی بن گیا۔ سیک کون دیتا؟ آنکھ اور من دونوں بنجر ہو گئے۔

''تم چاہتی ہو دکھوں کا میلہ لگایا جائے؟ کسی کو اِس میں دلچسپی نہیں۔ ہر ایک اپنے اپنے جہنم میں بھٹک رہا ہے۔ سائے کی تلاش میں۔ دیوانگی کی انتہا۔'' میری ہنسی میں استہزاء تھا۔

''سائے بھی بھلا کبھی اپنے ہوئے ہیں۔''

''اور سنو، اِس کہنے سننے کی وحشت سے جتنی جلدی باہر نکل آ ؤ اتنا بہتر ہوگا۔''

''تم اتنے بے رحم کیسے ہو سکتے ہو؟''

''کہنے سے دکھ ہلکے ہوتے ہیں۔''

''محض خام خیالی ہے تمہاری۔'' میں پھر سے ہنسا۔

''خود سے محبت میرا پہلا اصول ہے۔ اور اپنی ذات تک محدود رہنا دوسرا۔''

''میں تمہاری زندگی میں کہاں ہوں؟'' وہ چڑ گئی۔ مشرقی دیوار والی کھڑکی کے چھجے پر بیٹھا کبوتر غڑغوں کرنے لگا تھا۔ میں نے نظر بھر کر کبوتر کو دیکھا اور پھر مسکرا کر اُس کی طرف پلٹا۔

''محبت اپنے ہونے کا جواز کیوں چاہتی ہے؟''

''مجھے تمہاری کسی فضول بات کا جواب نہیں دینا۔'' اُس کی کتھئی آنکھوں سے ناراضی کا گہرا رنگ چھلکنے لگا۔

''حیات بی بی......!'' میں نے لپک کر اُس کا ہاتھ تھام لیا۔

''جب الفاظ اور لہجے اندر پنپنے والے احساس کو بیان کرنے سے قاصر ہوں تو ناگفتنی، گفتنی سے زیادہ تاثیر رکھتی ہے۔''

صبح کی اوس میں بھیگے کنول جیسا حسن، میرے ہاتھ کی پوروں تلے اُس کی سانسوں کا زیر و بم، میں نے آنکھیں موند لیں۔ میں جانتا تھا لمحوں میں زندگی نہیں کی جا سکتی لیکن کچھ لمحوں کو اپنایا تو جا سکتا ہے، اِن میں بہتی زندگی کو بوند بوند خشک حلق میں انڈیل کر کم از کم پیاس کو تسکین تو تھمائی جا سکتی ہے۔

''پیاس......!''میں پھر سے اُلجھ گیا۔ اور ہاتھ میں تھاما برش ایک طرف رکھ دیا۔ وہ ابھی تک ناراض تھی۔ تیز دوڑنے کی کوشش میں، میں اکثر راستہ بھول جاتا تھا۔لیکن اب کی بار ایسا ہوا کہ میں کانٹوں میں اُلجھ گیا۔شاید پکی عمر کی محبت ہوتی ہی ایسی ہے۔

''ہم کیوں ایک نہیں ہو سکتے ؟''میں اُس کے اِس سوال سے ہمیشہ خوفزدہ رہتا تھا۔شاید اِس لیے کہ میں اچھی طرح جانتا تھا میرے پاس اِس سوال کا کوئی جواب نہیں۔عمر بھر چاہتوں کی تلاش میں بھٹکنے والا میں زمن سلمانی، مجھے پناہ ملی بھی تو کہاں۔ میں نے مختلف رنگوں میں ڈوبی اپنی انگلیوں کی پوروں کو دیکھا۔میرے اندر بڑھتی پیاس مجھے اکثر خوف زدہ کر دیتی تھی......کچھ پانے کی پیاس......کچھ کھوجنے کی پیاس......ایک دم وہ میرے سامنے آگئی۔ اپنے تمام تر آدرشوں کی پروا کیا بنا، لمحہ بھر کی تاخیر کے بغیر میں اُس کے سامنے دوزانو تھا۔میری تلاش اتنی سطحی نہیں ہوسکتی تھی کہ میں حسن سے ہار جاؤں۔ وہ تو یگوں سے میرے اندر بسی تھی......میری روح میں اُتری ہوئی......میرے لہو کے ساتھ بہتی ہوئی......لیکن تلاش مکمل ہونے پر بھی تشنگی جوں کی توں رہی......اپنی تمام تر شدت کے ساتھ۔ادھورے پن کا احساس کبھی نہ مٹ سکا۔اوائل عمری کا خواب بالوں میں سفیدی اُترنے تک دل کے کسی کونے میں پلتا رہا۔اُجلے اور روشن رنگوں کی تعبیر کا منتظر۔جب تعبیر نظر آئی تو وقت مجھے کسی اور راہ پر ڈال چکا تھا۔ میں نے ایک بار پھر سے برش تھام لیا اور ایزل پر چڑھے کینوس پر بے مقصد لکیریں کھینچنے لگا۔زندگی میں بے مقصدیت در آئے تو کچھ بھی اچھا نہیں لگتا۔حتی کہ اُس کی لَو دیتی آنکھیں بھی اِس پاتال سے نکالنے میں ناکام رہتی ہیں۔

'' زمن!'' سادہ کینوس پر گہری پیلی لکیروں کے درمیان سے جھانکتی کتھئی آنکھیں......میں نے اُسے ساتھ لپٹا لیا۔

''محبت اپنے ہونے کا جواز نہیں چاہتی۔''اُس کی آواز میری سماعت سے ٹکرائی۔

''یقین رگوں میں بہتے لہو کی طرح ہوتا ہے۔ اِس یقین کو کبھی مرنے مت دینا۔''اُس کے سانسوں کی مہک میرے نتھنوں میں اُتر رہی تھی۔ مجھے لگتا تھا میں اِس زمانے کا آدمی نہیں ہوں۔میں نے کسی اور یگ میں جنم لیا ہے اِس لیے اِس عہد کے قوانین مجھ پر لاگو نہیں ہوں گے۔لیکن کسی الہام کی طرح اُترنے والی اِس محبت نے مجھے حقیقت کی سنگلاخ زمین پر لا پٹخا۔پہلی بار مجھے احساس ہوا میں بھی اِسی دنیا کا آدمی ہوں۔رشتوں،قدروں اور اُصولوں میں جکڑا ہوا۔میرے اپنے اصول بھربھری مٹی کی طرح میرے ہاتھوں سے پھسلتے چلے گئے۔

''مجھے اپنا بناؤ گے؟''

اُس کی آنکھیں مجھ پر مرکوز تھیں۔ میں جو صدیوں کی جستجو کے بعد اُسے کھوج پایا تھا اَن دیکھی زنجیروں میں جکڑا ہوا بے بسی سے اُسے دیکھتا رہ گیا۔

''تم نے جواب نہیں دیا۔'' اُس کی بھیگی ہتھیلیاں میرے ہاتھوں میں آنچ دینے لگیں۔ محبت کرنا اور کرتے چلے آسان ہے۔ لیکن اِس محبت کو سماج کی تائید حاصل ہونے تک کا معرکہ جان لیوا ہوتا ہے۔

میرے ہاتھ تیزی سے کینوس پر چل رہے تھے۔ گہرے اور بھرپور اسٹروکس میں پھیلتا پیلا رنگ، پشمینے کی گرم شال کا سالمس لیے ہوئے، کاش میں جواب دے پاتا۔

یہ محبت پیاز جیسی کیوں ہوتی ہے...... تہہ دار اور تلخ...... کاٹتی ہوئی، ڈستی ہوئی......

کینوس پر رنگ بکھرتے رہے لیکن تصویر مکمل نہ ہوسکی۔ شاید کچھ تصویریں اُدھوری رہنے کے لیے ہی ہوتی ہیں۔

''کیا رشتوں اور دوسری محبتوں کے بندھن اتنے مضبوط ہوتے ہیں کہ انسان اپنی روح کے آگے سرنگوں ہونے پر مجبور ہوجاتا ہے؟'' میں آقائی سرمد اہوازی کے حجرے میں تھا۔

''کیا محبت کرنا جرم ہے؟''

''ہرگز نہیں۔''

''کیا بہت کچھ کھونے کا ڈر جنت سے دور کردیتا ہے؟'' میرے سوال ختم نہیں ہوئے۔

''جنت کیا ہے؟'' آقائی سرمد نے میری طرف دیکھا۔

''عزیزی جنت اور جہنم ہمارے اندر بستے ہیں۔ اصل سوال یہ ہے کون سا دروازہ کھولنا ہے اور کون سا بند رکھنا ہے۔''

''کیا یہ اپنے اختیار میں ہوتا ہے؟'' میں بے چین ہوگیا۔

''شاید نہیں۔'' آقائی کا جواب ہمیشہ کی طرح مختصر تھا۔

''شاید ہاں۔''

''تو آپ کو بھی یقین نہیں؟'' میری آواز میں حیرت تھی۔

''کوئی ایک کمزور لمحہ ہم سب کی زندگیوں میں ہوتا ہے جب یقین شک کی زد میں آجاتا ہے۔''

''پھر مجھے کیا کرنا چاہئے؟''

''کیا کرسکتے ہو؟'' موٹے شیشیوں کی عینک کے اُس پار سے جھانکتی اُن کی آنکھیں مجھ پر مرکوز تھیں۔

''کچھ بھی ترک کرنے کا یارا نہیں۔'' میں نے بے بسی سے سر جھکا دیا۔

''چلتے رہو جب تک قدم ساتھ دیتے ہیں۔''

'' ہجر سے اندر گھلتا رہتا ہے۔'' میری آواز رندھ سی گئی۔

''کیا محبت محض پانے کا نام ہے؟''

''مگر وہ......؟''میں نے سوال ادھورا چھوڑ دیا۔

''محبت سود وزیاں کب دیکھتی ہے...... محبت تو بس محبت ہے، ہوتی ہے یا نہیں ہوتی۔''

آقائی سرمد خاموش ہوگئے۔ لیکن میں اپنے اندر اُگتے شور کو بڑھنے سے روک نہ سکا۔

میں زمن سلمانی، مشہور نقاش جس کی انگلیاں رنگوں میں زندگی پھونک دیتی تھیں کبھی بھی اتنا بے بس نہیں ہوا تھا۔ مجھے کہنے میں کوئی عار نہیں کہ میں آسودہ زندگی گزار رہا تھا۔ میرا گھر، بیوی، بچے، شہرت دولت اور میرا ہنر۔ لیکن اُس مغربی کھڑکی کے شیشے کے اُس پار سڑک کے دوسرے کنارے پر کھڑی حیات نجدی نگاہوں میں ایسی کھبی کہ میں اپنی سدھ بدھ کھو بیٹھا۔ میں اپنا خواب اپنے آپ سے بھی چھپائے خود کو سمجھانے میں کامیاب ہو چکا تھا مگر اُس نے ہاتھ بڑھا کر ایک دم مجھے میرے اپنے اندر سے نکال لیا اور میں مزاحمت تک نہ کر پایا۔ لیکن جلد ہی وہ مغربی کھڑکی ویران ہوگئی۔ چھ ماہ قبل اپنے باپ سے ورثے میں ملا مکان اُس نے صرف اِس لیے فروخت کر دیا تھا کہ وہ پرانے فیشن کا تھا۔ اور یوں نگاہوں کا رابطہ بھی مفقود ہوا۔ میرے اندر سناٹوں نے گھر کر لیا۔

''کیا عشق کسی خاص عمر کا محتاج ہوتا ہے؟'' میرے سُن ہوتے ذہن میں سوال بھرے ہوئے تھے۔ دنیا داری کا فلسفہ اور ہے۔ یہاں ایک کے بعد دوسرا عشق کرنے کی اجازت نہیں دی جاتی۔ لیکن میں نے دوسرا عشق یا ہی کب تھا؟ وہ تو میرا پہلا عشق ہی تھی۔ اوّلین عشق، جس کی کسک نے مجھے عمر بھر سنبھلنے نہیں دیا۔ میں دیوانہ وار اُسے کھوجتا رہا، جب وہ سامنے آئی تو مجھے لگا میری تلاش تمام ہوئی۔ میں کب جانتا تھا کہ عشق میں کچھ بھی مکمل نہیں ہوتا۔ کبھی بھی مکمل نہیں ہوتا۔ اور عمر کے اِس حصے کا عشق تو اور بھی گھائل کرتا ہے...... رُلاتا ہے...... جھنجھوڑ ڈالتا ہے...... اور انسان بے بسی سے پاؤں میں پڑی بیڑیوں سمیت عشق کے خارزار میں گھسٹتا رہتا ہے۔

کیا تھا اگر وہ مجھے پہلے ملی ہوتی تو؟

میں نے اپنی آنکھوں میں نمی اُبھرتی ہوئی محسوس کی۔

لیکن کیا واقعی عشق صرف پانے کا نام نہیں؟ کیا عمر بھر سلگتے رہنا ہی عشق کا مقدر ہے؟

مغربی کھڑکی کے اُس پار ویران سڑک جیسے میرے اندر اُتر آئی تھی۔

اٹلی کے شہر فلورینس میں ہونے والی فنون لطیفہ کی عالمی نمائش میں مجھے، زمن سلمانی کو میری پینٹنگ ''انتظار'' پر پہلے انعام کا حقدار قرار دیا گیا۔ اور دیکھتے ہی دیکھتے وہ پینٹنگ لاکھوں روپوں میں فروخت بھی ہوگئی۔ لیکن میرے دل میں ٹھہرا سکوت نہ ٹوٹ سکا۔ میں نے آخری بار پینٹنگ کو دیکھا۔ کتھئی آنکھوں والی اُداس لڑکی بالوں میں پیلا ربن لگائے ویران راستے پر نظریں جمائے کھڑی تھی۔

فوجی محاذِ جنگ پر ہوں یا زندگی کی جنگ میں، واپسی کا لمحہ اُن کے اپنے ہاتھ میں نہیں ہوتا۔ اُن کے دل، جسموں سے بہت دور کہیں اور دھڑک رہے ہوتے ہیں اور اِن دلوں میں بسنے والیاں یونہی

بالوں میں پیلے ربن اٹکائے راستوں پر نظریں گاڑے بالوں میں چاندی اتار لیتی ہیں۔لیکن انتظار تمام نہیں ہوتا......محاذ جنگ سے خبر آجانے کے بعد بھی نہیں......محبت ہتھیار ڈالنے پر آمادہ نہیں ہوتی......اُس میں تسلیم کی خُو نہیں ہے......وہ من مانی کرنا خوب جانتی ہے۔

اور یہ سب جانتے ہوئے بھی میں نے بہت سخاوت سے اُس کے دامن میں انتظار کی اذیت ڈال دی اور اُس نے بھی کمال محبت سے اِس سوغات کو سمیٹ لیا تھا۔اُسے معلوم تھا اس انتظار کا حاصل لاحاصلی کے سوا کچھ نہیں۔

لیکن میں نے کہا ناں محبت میں تسلیم کی خُو ہوتی ہی نہیں۔وہ من مانی کرنا خوب جانتی ہے۔ایک اَن کہا بندھن تمام تر دوریوں کے باوجود روز بروز مضبوط تر ہوتا گیا۔اور ہم لاحاصلی کے اِس سفر میں ہجر کی اذیتوں تلے سسکتے رہے۔

نمائش ختم ہو چکی تھی۔ہال کی روشنیاں گل ہونے لگیں۔میرے اندر سناٹا بڑھ گیا تھا۔

''کیا میں خریدار کا نام جان سکتا ہوں؟''میں نے مینجر پاؤلو سے ہاتھ ملایا اور رخصت چاہی۔

''آف کورس مسٹر سلمانی، میں آپ کو جلد مطلع کروں گا۔''

آج چھ ماہ کے بعد مجھے اٹالین مینجر کی طرف سے خط موصول ہوا۔

''تاخیر کے لیے معذرت،خریدار نے رازداری کی بنیاد پر سودا طے کیا تھا۔مجھے کچھ وقت لگا کھوجنے میں، بہر حال تفصیل حاضر ہے۔

خریدار۔ حیات نجدی از شیراز،ایران

کُل ادائیگی۔ پچھتر ہزار یوروز،،

◄◄ ● ►►

● فارحہ ارشد

آدھی خودکشی

یہاں سب گورکن ہیں۔ لاش ملتی ہے تو رزق کا بندوبست ہو جاتا ہے...... اور وہ لوگ جو آدھے نوالے کے پیچھے خود لاش بن جاتے ہیں...... انسان...... جسم...... زندگی...... موت...... بھوک کے نیچے دبی لاوارث کہانیاں...... ملتی جلتی کہانیاں...... غریبی کی ساری کہانیاں اصلی ہوں گی اور ہر کہانی پلیجرائز لگتی رہے گی...... نیوز سائیکل ہوتی رہتی ہے ہر سٹوری کی...... سٹوری بریک

غربت پر پینل ڈسکشنز...... بگ کلک...... ہیش ٹیگ......

یہ ایک طویل سرد ہال ہے۔ جہاں ہم سب مختلف نمبروں کی میزوں پر سفید کپڑے کے نیچے پڑے ہیں۔ ہماری شناخت ہمارے پاؤں کے انگوٹھوں پر بندھے دھاگے کے ساتھ لگی چٹ پر ہماری میز کے نمبر تک رہ گئی ہے۔

مجھے اپنا نام بھول گیا ہے مگر وہ مجھے میز نمبر سات کا جسم بُلاتے ہیں۔ انہیں لگتا ہے یہاں بہت ہولناک سناٹا ہے۔ وہ ہم سے ڈرتے ہیں۔ یہاں کی دیکھ بھال کرنے یا جسموں کو لانے لے جانے کا کام کرنے والے یہاں کی سردی سے نہیں بلکہ موت کے خوف سے کانپتے ہیں۔ ان کے ہاتھوں اور جسموں کی کپکپاہٹ ان کی زندگی کی علامت ہے۔ وہ ہماری طرح نہیں۔۔ سرد، جامد اور خاموش۔

وہ نہیں جانتے یہاں آوازوں کا کتنا شور ہے کیونکہ وہ صرف ہمارے سرد جسم دیکھتے ہیں۔ اپنے اپنے جسموں کے پاس بیٹھے ہمیں دیکھنے یا سننے کی ان کی نظروں اور کانوں میں کوئی صلاحیت نہیں حالانکہ وہ اپنی آنکھوں دیکھے اور کانوں کے سنے پر بہت بھروسہ کرتے ہیں۔

کیسے اندھے اور بہرے ہیں؟

ہم وہ ہیں جن کے سرہانے بیٹھ کر کوئی رویا نہ کوئی آنکھ ہمارے لیے اشکبار ہوئی۔ کسی نے سینہ پیٹا نہ بال کھول کے بین کیے۔ ہم وہ ہیں جو لاوارث نہ تھے۔ ہم سب وہ ہیں جو اپنے وارثوں سے دور کسی بھیڑ میں گم ہو گئے۔ اور ہم وہ ہیں جو اپنے وارثوں کا پتہ نہ بتا سکے۔ ایسا نہیں کہ ہم نے بتایا نہیں مگر ہماری کوئی سنتا ہی نہیں۔ چیخ چیخ کر بتاتے رہے مگر یہ سچ ہے کہ یہ لوگ اندھے اور بہرے ہیں۔ انہیں سنائی دیتا ہے نہ دکھائی۔

پس منظر میں موت کی سمفنی بجائی جارہی ہے...... داستان گو خاموش ہے...... داستان کے کردار بول رہے ہیں...... یہاں آوازوں کا بہت شور ہے۔

میرے ساتھ والی میز کی عورت کتنی بے چین ہے۔ کبھی اپنے جسم کی پائنتی کی طرف بیٹھ جاتی ہے تو کبھی اس کے سر کی طرف۔ کبھی اس کا دایاں بازو ہلاتی ہے تو کبھی بایاں۔ ایک ہی رٹ لگا رکھی ہے۔ ''چل اٹھ جا۔ وہ چاروں جانیں بھوک سے مرجائیں گی۔'' حالانکہ یہ بتاتی ہے کہ یہ خود بھوک سے مرگئی۔ وہ منبر کی میز پر موٹی توندیں رکھے ہاتھ لہرا لہرا کر نالی کے کیڑے سے لے کر زمین کے اندر تک کی مخلوق کے رزق کی باتیں کرتے تھے۔ انہوں نے بھوک سے مری اس عورت کو نہیں دیکھا۔ بھوک سے مرجانے والا کیسے بتا سکتا ہے کہ وہ فاقے سے مرا ہے۔ وہ تو مرگیا اب انہیں کون بتائے؟

بیچاری کے پچکے گال، ہڈیوں کا پنجر بنا جسم اور پیٹ جو پشت سے جا لگا ہے، کیا یہ بھی انہیں کچھ نہیں بتا تا تھا کہ وہ لمحہ لمحہ بھوک سے مر رہی ہے۔ مگر یہ بھی سچ ہے کہ سب نے اپنے اپنے پیٹ اور اپنی اپنی بھوک اٹھا رکھی ہے۔ اور اپنا پیٹ بھرا ہو تو دوسرے کی بھوک کیسے نظر آسکتی ہے۔ پھر وہ تو ہیں ہی اندھے۔ جو کچھ انہیں دکھائی دینا چاہیے وہی نظر نہیں آتا۔

''چل اُٹھ...... بستی کو جانے والی آخری بس نکل گئی تو وہ چاروں بھوکے روتے رہیں گے۔ میلوں کا سفر طے کر کے تُو اسی لیے آئی تھی کہ یہاں منہ لپیٹ کے پڑی رہے؟ تجھے کچھ خبر بھی ہے کہ تیرے اکٹھے کیے گئے چند لقموں کی خاطر وہ سارا دن کتنا انتظار کرتے ہیں۔ تیرے جانے تک وہ بھوکے پیاسے بلکتے رہتے ہیں۔ باپ انہیں اس اوکھلی میں پھینک کر جانے کہاں چلا گیا۔ اب جب تُو بھی ان کی روٹی لے کر نہیں پہنچی تو وہ چاروں......''

''ارے اٹھ جا......'' وہ جانے کیسے کیسے واسطے دیتی ہے مگر جسم ٹس سے مس نہیں ہوتا۔

آہ...... بیچاری کرموں جلی......

اور وہ جو تیسری لائن میں میز نمبر اٹھارہ کا نوجوان...... ہر موسم کے ہر پہر وہ مزدوروں میں کھڑا کام کا انتظار کرتا تھا کہ کوئی مستری، کوئی رنگ ساز، کوئی ٹھیکیدار اسے کام کے لیے بلالے۔

بارش ہے......وہ کھڑا ہے...... تیز دھوپ ہے......وہ کھڑا ہے...... بڑا وقت کا پابند......اور پھر......

''پے درپے ناکامی نے تجھے دیہاڑی دار چُوہڑا بنا دیا۔'' وہ اپنے جسم کو تاسف بھری نظروں سے دیکھتے ہوئے بولنے لگتا ہے۔

''تُو نے کتنے جھوٹ بولے......میں جی اقبال مسیح ولد اسحاق مسیح ولد...... مسیح...... جبکہ تُو جانتا ہے...... تُو محمد اقبال ولد محمد اسحٰق ولد محمد...... لے بھگت اب اپنا جھوٹ۔ کسی کے حصے کی جگہ لے کر بھی ہاتھ کچھ نہ آیا۔''

گھر والوں کو خبر ہی نہیں محمد اقبال کیسے مرا۔ لوہے کے ٹرنک میں پڑا شناختی کارڈ لے کے ڈھونڈنے بھی

نکلیں تو لوگ محمد اقبال کو تو جانتے ہی نہیں۔انہیں تو بس اتنی خبر ہے کہ اقبال مسیح مر گیا...... گٹر میں دم گھٹنے سے۔'' وہ جسم سے کہتا جا رہا ہے۔ جواب نہ پا کر اپنے جسم سے دور ہٹ کر جا بیٹھا ہے۔اس کا پچھتاوا ہی نہیں جاتا۔

''کہا تھا گٹر میں نہ اُتر...... مگر تُو مانتا ہی نہیں تھا۔ چھ بچوں کی چیخوں کا پگھلتا سیسہ کانوں کی نالیوں میں انڈیلنے کے بعد تمہیں سنائی بھی کیا دیتا؟'' اس نے شکوہ بھری نظروں سے اپنے جسم کو دیکھا۔سرخ خون اسکے دل کے مقام سے فرش پر گر رہا ہے...... گرتا ہی جا رہا ہے...... اس کے خون سے گٹر کی تیز بد بو آنے لگتی ہے۔

ادھر میز نمبر بیس کا بھاری بھرکم جسم پڑا ہے۔ اپنے جسم کے سرہانے وہ پھٹے ڈھول کی آواز میں جانے کیا بولتا رہتا ہے۔

''میں سمجھا اس تار میں کرنٹ نہیں ہے۔ ریڑھی پر پڑے لوہے کے راڈ پر گری تو میں نے اٹھا کر اسے ایک طرف پھینکنا چاہا۔ مجھے بڑی جلدی تھی۔ میری بیٹی کی بارات آنی تھی اس شام۔ میں نے سوچا ایک پھیرا لگے ہاتھوں صبح صبح لگا آؤں۔ بڑی جلدی تھی مجھے۔'' بار بار وہ یہی دوہراتا رہتا ہے۔

''میں زمین پر گرا تو کسی نے پیسوں والی پوٹلی جیب میں سے نکال لی۔ اسی میں تھا میرا شناختی کارڈ۔ بارات آگئی ہوگی۔ بیوی نے میرا کتنی دیر انتظار کیا ہوگا۔ پھر لوگوں کے اصرار پر بچی کو رخصت کر دیا ہوگا۔ بڑی جلدی تھی اسے بیٹی کو بیاہنے کی۔ مجھے بھی بڑی جلدی تھی۔ بڑی جلدی میں تھا میں جب تار لوہے کے راڈ پر......'' اس کی سوئی اسی ایک بات پر اٹک گئی ہے۔اس کے پاؤں کے آبلے پھوٹنے لگتے ہیں اور لیس دار پیپ کے چھینٹے میرے منہ پر آ کر گرتے ہیں۔

اور یہ بوڑھی مائی جس کے چہرے پر اتنی جھریاں نہیں جتنے آنسوؤں کے نیل پڑے ہیں۔ بس ایک ہی جملہ اس کی زبان پر رہتا ہے۔

''میں لاوارث نہیں۔ میرے چار پتر ہیں۔ اونچے لمبے...... جوان گبھرو۔ وہ تو میں خود شوق سے شہر میں اپنے میاں کا سکھایا کام کرنے آتی تھی۔ اس روز جب وہ مجھے جوتے پر کیل لگانا سکھانے لگا تو میں نے کہا۔

''میرے جیون جوگے چار پتر ہیں۔ میں کیوں سیکھوں؟'' بڑا سیانا تھا...... بولا۔

''ان پر آسرا نہ کرنا۔ پتر ذات اپنے بکھیڑوں میں مائی باپ کو بھول جاتی ہے۔''

مجھے یاد ہے یہ کہتے ہوئے اپنی گول گدلے شیشوں والی عینک کو اس نے کوئی پانچ بار صاف کیا تھا۔ زبردستی مجھے جوتوں کی مرمت کا سارا کام سکھاتا رہا۔'' وہ تھوڑی دیر کے لیے چپ ہو جاتی ہے...... پھر اس کی آواز جیسے کسی کنویں سے آنے لگتی ہے...... پُرنم...... بازگشت جیسی۔

پھر انہوں نے مجھے گھر سے نکال دیا۔ اور میرا ایکسا میری نونہہ نے سڑک پر پھینک دیا۔'' وہ رونے لگتی ہے۔

''کیا کرتی......؟ میری کھولی میں مجھے کوئی پوچھنے ہی نہ آتا۔ میں بھوکی مرتی رہتی۔ ایک روز میں

اٹھی۔ بکسے میں سے اپنے بندے کا تھیلا اٹھایا اور صابو کے ٹانگے پر شہر چلی آئی اور اس گلی کی نکڑ پر ڈیرہ جمالیا جہاں دور دور تک کوئی جوتے مرمت کرنے والا دکھائی نہ دیتا تھا۔ شام کو شیدے کی کھوتی ریڑھی پر کبھی پنڈ والی کوٹھری میں چلی جاتی۔ نہیں تو ادھر ہی پڑی رہتی۔

اس رات بہت ٹھنڈ تھی۔ کرم دین نے بتایا کہ ریڈیو پر خبروں میں آیا تھا پہاڑوں پر برف گری ہے۔ پورب سے طوفان اٹھا اور پچھّم کی طرف جاتے جاتے کتنا کچھ اپنے ساتھ سمیٹ لے گیا۔ سردیوں کی ایسی طوفانی بارش...... جیسے سب کچھ اپنے ساتھ ہی بہا لے جائے گی۔ اور ژالہ باری نے تو مانو دھرتی پر سفید چادر بچھا دی تھی۔ قہر بھرا طوفان آیا اور گذر گیا مگر سردی نے میرے کمزور وجود کو سر سے پاؤں تک ایسے کیل دیا جس کے اندر صرف موت ہی گھس سکتی تھی۔ بہت ٹھنڈ تھی اس رات۔ مجھے ایسے لگا جیسے بہت سے برفانی تودوں کے درمیان مجھے لٹا دیا گیا ہو...... بالکل اس کہانی کی رسم کی طرح جس میں بوڑھے والدین کو بیٹے اوپر پہاڑوں کی برفانی چوٹیوں پر برف بننے کے لیے چھوڑ آتے تھے تا کہ وہ مر جائیں۔'' مرن جوگی کی آواز میں کیسا نوحہ تھا۔

''بہت ٹھنڈ تھی اس ر...... ررررااات......'' مجھے یوں لگا جیسے اس نے گول گدلے شیشوں والی عینک کوئی پانچویں بار صاف کی ہو حالانکہ اس نے عینک کب پہن رکھی تھی۔

''پر وہ آئیں گے۔ خیر سے میرے چار بیٹے ہیں...... چار وارث...... میں کوئی لاوارث نہیں ہوں۔'' وہ بار بار دروازے کی طرف دیکھتی ہے اور اس کی نظریں ہر بار ہی مایوس لوٹ آتی ہیں۔

''جھلی نہ ہو تو...... اس عمر میں اس کا دماغ خراب ہو گیا ہے۔ یہاں کسی کا کوئی نہیں آتا۔ ایک بار اس دنیا کی بھیڑ میں ہاتھ چھوٹ جائے تو سب کچھ گم ہو جاتا ہے...... بالکل ویسے ہی جیسے میرا سب کچھ گم ہو گیا۔ میرا کون آئے گا بھلا...... میں تو خود بھاگ نکلی تھی وہاں سے جہاں ابّے نے مجھے بڑی سی حویلی میں کام پر رکھوایا تھا۔ اتنے کنجوس حویلی والے کہ ایک روپیہ بھی تین بار ناخن پر بجا کر دیتے۔ چوکیدار کے لمبے بالوں اور مفلر والے بیٹے نے مجھے ایسے ایسے سبز باغ دکھائے کہ میں اس کے ساتھ وہاں سے بھاگ گئی۔ وہ مجھے شہر لے آیا۔ نکاح کے وعدے پر مجھے مرد بھگاتے رہے اور میں عزت کی روٹی کے لیے ان کے ساتھ بھاگتی رہی۔ اس لکڑی کی ٹانگ والے نے تو مجھ سے دو بول بھی پڑھوا لیے۔ سارا دن میں اس کی خدمت کرتی اور رات کو شکر کرتی کہ سکون سے اپنے گھر میں سوئی ہوں۔ وہ لکڑی کی ٹانگ والا خود کچھ کر نہیں سکتا تھا اور اسے شک تھا کہ میں ایک بار پھر کسی اور کے ساتھ بھاگ جاؤں گی۔ آخر کتنے دن شک پالتا؟ پیسے کھرے کر لیے۔ گویا میں اپنی ہی تلوار پر جا گری۔ ایک روز مچھلیاں بیچنے والے ایک شیطان نما آدمی کے ہاتھ مجھے بیچ دیا۔ وہ کبھی مچھلی بیچنے والا رہا ہوگا۔ بعد میں ایسا نشہ لگا کہ کام وام چھوڑ دیا۔ اب اس بے رنگ و روغن سٹیمر کے پیچھے بنی جھگی میں پڑا اینٹھتا رہتا۔ جو اِدھر اُدھر سے لوٹ کھسوٹ کی وہ میری قیمت دے آیا۔ اس نے مچھلیوں کی باس سے اٹی نیم تاریک کھولی میں لا کر مجھ پر ہر نسل کے کتے چھوڑ دیئے۔ میں

بھوکی پیاسی تڑپتی رہی اور وہ چند دنوں میں ہی کورے نوٹوں کی گڈیاں دیکھ کر پاگل ہوگیا۔سونے کے انڈے دینے والی مرغی کا پیٹ چاک کر کے انڈے نکالنے بیٹھ گیا۔دن رات اس کے گاہک میرے بھوکے پیاسے جسم کے ہر ممکنہ عضو کو استعمال کرتے رہے۔آخری بار مچھلی کی سڑاند اور سستی شراب کے بھبھوکے والا منہ میرے منہ پہ ایسا چپکا کہ میری سانس پی کر ہی رہا۔سانس تھی، ہوا ہوگئی۔اور میں تلچھٹ کی طرح وجود کے پیندے میں بیٹھتی چلی گئی۔موت کیا تھی ایک جھٹکا تھا کہ جو جسم کے ریکٹر سکیل پر نشان چھوڑ گیا، جس کی شدت ریکارڈ کی جائے تو ہر بار پچھتاووں کے پیمانے پر بڑھتی جائے گی......کاش میں ایسا نہ کرتا، اے کاش یوں نہ ہوا ہوتا......جیسے پچھتاوے......

زندگی خود موت کو واقعہ بنا کر پیش کر دیتی ہے اور انسان ہاتھ ملتا رہ جاتا ہے کہ کاش اس لمحے میں موت کو موقع نہ دیتا۔

آہ......زندگی پانی کا بلبلہ ہے......کب پھٹ جائے کس کو خبر؟ وہ نشے میں دھت میرے ساکت جسم کو ہی ساری رات بھنبھوڑتا رہا۔ جب سارے نشے بہہ گئے تو گٹھڑی بنا کر مجھے پرانے سٹیمر کے غلیظ ترین غسل خانے کے باہر پھینک آیا۔ پولیس آئی تو کوئی والی وارث نہ بنا۔ بہت سے بگلہ بھگت، بہت سے رنگے سیار، جو بھیڑ کے روپ میں بھیڑیے بنے مہذب ہونے کا ڈھونگ رچا رہے تھے، اسی بھیڑ کو چیرتا وہ مچھلی والا بھیڑیا بھی کانوں کو ہاتھ لگاتا آگے بڑھا۔

''جی سردی سے کانپ رہی تھی۔ میں اسے اپنی کھولی میں سونے کا کہہ کر مزدوری کرنے چلا گیا۔ اللہ کی قسم میں اسے نہیں جانتا تھا۔ آخر ہم نے بھی اک روز مرنا ہے، یہی سوچ کر میں نے اسے پناہ دی۔ بچیاں تو جی سب کی سانجھی ہوتی ہیں۔ نہ مانی! جانے کہاں سے بارش میں بھیگتی میرے در پر اللہ نے بھیج دی تھی۔ پناہ نہ دیتا تو میں کل کو خدا کو کیا منہ دکھاتا۔اور جب میں دوسرے روز واپس آیا تو وہ جا چکی تھی۔'' مچھلی والا پان سے بھری باچھوں سے تھوک اڑاتا رہا۔

میرا لچکتی ڈال سا بدن جس کا روپ کبھی ایک آتش سیال اور شباب شعلہ سوزاں تھا......جس کی زیبائی کسی وقت میں شب کا غرور اور اٹھان صبح کی انگڑائی جیسی تھی۔اب لٹا پٹا، شکست خوردہ، تھکا ہارا کئی مردہ مچھلیوں، باسی گلی سڑی سبزیوں کے درمیان میلے کپڑوں کی گٹھری بنا پڑا تھا۔اسٹیمر والے نیچے پھینک گئے تھے۔ٹھہری ہوئی پتلیاں، ساکن زرد جلد، نیلے کچر ہونٹ......موت کا عمل گذرے کئی گھنٹے بیت گئے۔ ہڈیوں کی مٹھ بنے مکھیوں بھرے چہرے والے نشئی میرے مردہ بدن کی رنگت اور ملائمت پر بھی رو ہو مچھلی کا گمان کر کے رالیں ٹپکاتے رہے۔

ٹھہرے پانی کی امس......چیچپاہٹ......چائنا کے سستے موبائلوں کی فلیش......بالآخر کئی گھنٹے کے تماشے کے بعد لاوارث جان کر پولیس نے مجھے یہاں پہنچا دیا۔ مجھے تو وارثوں کا انتظار ہی نہ تھا۔ سارے جسم وارث کب چاہتے ہیں کہ کہیں ان کے وارث ان کی کہانی سن کر ان کی شناخت سے ہی انکار نہ

کردیں۔ یہ سرد ہال جس میں ہلکی کسیلی موت کی بساند پھیلی ہے، ٹھنڈے جسموں سے بھری ایک پوری دنیا آباد ہے جہاں سب کی اپنی اپنی کہانی ہے۔ میں کتنوں کی کہانیاں سناؤں بھلا؟ کون یاد رکھے گا؟ ہم سب ان میں سے نہیں جن کے قصے عمر بھر یاد رکھے جاتے ہیں۔

کچے پکے قصے اور قصوں کے ہم جیسے بونے کردار۔

سانپ چنبیلیوں پر زہر تھوکتے رہیں گے اور خوشبو وہیں پڑی کہیں گلتی سڑتی رہے گی۔

بابل تیرے محلاں وچوں ست رنگیا کبوتر بولے......

دور جہاں گھر ہیں...... وہیں دور کہیں چٹخنی گرادی جائے گی۔ لالٹین منڈیر پر جلتی رہ جائے گی مگر جانے والے نہیں آئیں گے۔ گم ہو جائیں گے۔

سرد ہال کی نمبروں والی میزوں کی گنتی بنتے رہیں گے۔

میرے جسم کو 'عزت' دینے کی تاکید کرتے ہوئے اس سفید کوٹ والے بوڑھے نے اردگرد کھڑے لڑکے لڑکیوں کو دکھانے کے لیے سفید کپڑا میرے جسم سے ہٹادیا ہے۔ دو گھنٹے بوڑھا میرے اعضا کو چھو کر سفید کوٹ والے لڑکے لڑکیوں کو کچھ بتاتا رہا ہے۔ میرا جسم تھک چکا ہے۔ موت کے بعد قبر سکون دیتی ہے مگر مجھے لگتا ہے ہم 'آدھی خودکشی' کیے لوگ ہیں جنہیں زندگی کی اذیت کے ساتھ ہر لمحہ مرتے رہنا تھا اور مرنے کے بعد بھی نمبروں کی چٹیں پاؤں سے باندھے اپنی باری کا انتظار اس سرد ہال میں پڑے کررہے ہیں۔ کب ہماری ہڈیوں کی گنتی شروع ہو...... کب ہمارے پیٹ چاک کیے جائیں۔ پوری زندگی کا سکھ نہ پوری موت کا...... ہم وہی ہیں جنہیں بددعا دی گئی کہ ہمیں قبر بھی نصیب نہ ہو۔ مقدس بھیڑوں کے جلنے کی بُو کسی قدیم قصے سے آرہی ہے۔ ان کے مقبرے تیار ہورہے ہیں اور ہمیں زمیں نے اپنی گود میں اتارنے کا اذن نہیں بخشا۔ ہمیں کوئی چٹھی نہیں آتی نہ ہی ہمارے لیے چھال میں لپٹی کوئی مقدس کھجور آتی ہے۔ ہماری گواہی کے لیے غیب سے کوئی آیت نہیں اترتی۔ ہم آسمان اور زمین کے درمیاں معلق ہیں۔ ہم مجبور ہیں، مہجور ہیں، رنجور ہیں۔ مجھے قبرستان میں مختلف ناموں کے کتبوں والی قبروں پر پڑے زرد پتے اور خشک کالے گلاب اتنے اچھے کیوں لگتے تھے یہ اب مجھے پتہ چلا۔ کہنے والے کہتے ہیں کہ خودکشی میں بھی ایک قاتل ضرور ہوتا ہے۔ کیا آدھی خودکشی میں بھی کوئی قاتل ہوتا ہے؟ میں رضیہ تھی کہ رادھا...... مالتی تھی کہ نور...... جانے میرا نام کیا تھا۔ اب تو میں صرف میز نمبر ۷ کا جسم ہوں۔''

میز نمبر سات کا اسسٹنٹ لڑکا اس میز پر پڑے جسم کو گھور رہا ہے اور ایسا بھرپور جوان جسم دیکھ کر اسے چھونے کی بے چین کردینے والی خواہش کے زیر اثر، اس کی بھیگتی مسوں کے اوپر ناک کے نتھنے پھڑ پھڑا رہے ہیں کیونکہ اس نے ابھی تک کسی لڑکی کے ممنوعہ اعضا کو چھو کر نہیں دیکھا!

◄◄ ● ►►

● **ھما فلک**

زرمینے

فون رکھ کر وہ کچھ پریشان سا نظر آیا۔گل جاناں اسے بہت غور سے دیکھ رہی تھی مگر اس کا غصے میں لال چہرہ دیکھ کر اسے کچھ پوچھنے کی ہمت نہیں ہوئی۔

''میں نے کہا تھا یہی ہوگا مگر تمہیں کسی بات کی پروا ہو تب نا! بس ماڈرن بننے کا شوق چڑھا ہوا ہے۔'' کچھ دیر غصے سے ادھر ادھر ٹہلنے کے بعد بالآخر وہ خود ہی بولا۔

''مگر ہوا کیا؟'' اب گل جاناں نے بھی حوصلہ کر کے پوچھا۔

''ہونا کیا ہے، لالہ نے اتنی باتیں سنائی ہیں، کہہ رہے تھے زمینیں تو بیچی تھیں کیا غیرت بھی بیچ کر کھا گئے ہو؟''

''مجھے تو لگا تھا مبارکباد کے لئے کال کی ہے۔''

''کس بات کی مبارک دیتے وہ؟''

''لڑکا ذات برادری کا ہے، دیکھا بھالا ہے، جان پہچان ہے اور سب سے بڑھ کر......''

''ہاں اسی سب سے بڑھ کر والی بات پر ہی ان کو اعتراض ہوا ہے، وہ کچھ کہا ہے کہ میرا بس نہیں چل رہا، زمیں پھٹے اور اس میں سما جاؤں۔''

''کچھ وقت گزرے گا سب ٹھیک ہو جائے گا۔''

''کچھ ٹھیک نہیں ہوگا۔ یہ زخم کبھی نہیں بھرے گا۔تم یہ بات کیوں نہیں سمجھتی ہو بے غیرت عورت! مجھے بھی میری برادری میں سب کے سامنے بے غیرت بنا دیا۔'' یہ کہہ کر وہ غصے سے پھنکارتا باہر چلا گیا۔

گل جاناں سن سی بیٹھی رہ گئی۔

''بے غیرت عورت!'' اس کے کانوں میں بس یہ ہی الفاظ گونج رہے تھے اور جوں جوں وہ ان کی باز گشت سنتی اسے لگتا کہ اس کا دل پھٹ جائے گا۔ وہ کافی دیر اسی طرح بیٹھی رہی پھر اسے خیال آیا کہ بچوں کے آنے کا وقت ہو رہا ہے اس لئے اٹھ کر باورچی خانے میں چلی آئی۔ہنستی مسکراتی زرمینے اور پلوشے کھانا کھاتے ہوئے ایک دوسرے کے ساتھ چھیڑ چھاڑ میں مصروف تھیں۔اس بات سے بے خبر کہ ان کی ماں کس طوفان سے

گزر رہی ہے۔گل جاناں گہری سوچ میں مصروف میز پر ان کے ساتھ ہو کر بھی وہاں نہ تھی اس نے کھانا بھی بہت تھوڑا کھایا تھا۔اور پھر اٹھ کر اپنے کمرے میں آ گئی۔زرمینے نے ماں کی خاموشی کو محسوس کر لیا اس لئے پلوشے کو اپنے کمرے میں جانے کا کہہ کر برتن ڈش واشر میں لگا کر ماں کے پاس چلی آئی۔وہ گل جاناں کے پاس آ کر بیٹھ گئی جو تکیے پر سر رکھے لیٹی تھی۔زرمینے حسب عادت اس کا ہاتھ پکڑ کر اس کے کڑوں سے کھیلنے لگی،وہ بچپن سے یہی کرتی آئی تھی۔گل جاناں کو اس کی یہ حرکت بہت پسند تھی وہ جب اسے دودھ پلا رہی ہوتی تب بھی وہ اس کے کڑوں سے کھیلا کرتی تھی۔ایک بار گل جاناں نے اسے کہا تھا کہ وہ یہ کڑے اس کی شادی پر اسے ہی دے دے گی تو زرمینے نے بے ساختہ کہا تھا کہ یہ مجھے بہت پسند ہیں مگر صرف اس لئے کہ یہ میری ماں کے ہاتھوں میں ہیں،میری ماں کے ہاتھوں سے نکل کر نہ ان کی کوئی قیمت رہے گی نہ خوبصورتی۔آپ نے یہ کڑے ہاتھوں سے کبھی نہیں اتارنے ہوں گے۔ایسا کہتے ہوئے اس کی آنکھوں میں ہلکی سی نمی اتر آئی تھی۔گل جاناں نے اس کا ماتھا چوم کر اس کی آنکھیں صاف کیں اور اس سے وعدہ کیا کہ وہ یہ کبھی ہاتھ سے نہیں اُتارے گی۔

زرمینے خاموشی سے اس کے پاس بیٹھی تھی،گل جاناں بغور اس کے چہرے کو دیکھ رہی تھی۔
خوبصورت تو وہ ہمیشہ سے تھی سرخ وسفید چہرہ سبز آنکھیں اور سنہری گھنگھریالے بال جن کی کچھ لٹیں اس کے رخسار چومتی رہتیں۔مگر آج کل تو جیسے اس کے حسن میں مزید تازگی اور نکھار آ گیا تھا اس پر نظر ٹھہرنا مشکل تھا۔
گل جاناں نے اس کا ہاتھ تھام لیا اور غور سے اس کی ہتھیلی کو دیکھنے لگی۔جہاں کچھ دن پہلے لگی مہندی کا رنگ پھیکا پڑ رہا تھا۔بائیں ہاتھ کی چھوٹی انگلی کے ساتھ والی انگلی میں ایک خوبصورت انگوٹھی جگمگا رہی تھی اسی ہاتھ میں ایک بہت نفیس اور نازک گھڑی بھی بندھی تھی جسے وہ کسی صورت بھی نہ اتارتی تھی۔ اس کی دونوں نازک گوری ہتھیلیوں میں رچی مہندی ان کی خوبصورتی میں اضافہ کر رہی تھی۔گل جاناں نے بہت پیار اور محنت سے اسے یہ مہندی لگائی تھی اور اس کے ہر ایک پھول میں اس کے اچھے نصیب کے لئے دعا کی تھی۔
اسے یوں لگا تھا کہ اس کی ہتھیلیوں کی دعائیں زرمینے کی ہتھیلیوں میں جذب ہو گئی ہیں۔
''مہندی کا رنگ بہت گہرا چڑھا ہے،تمہارا شوہر تم سے بہت پیار کرے گا۔'' زرمینے بری طرح شرما گئی۔
''میرا دل چاہتا ہے تمہیں دلہن بنا دیکھوں۔'' زرمینے کی جھکی ہوئی پلکیں شرم سے تھرتھرا رہی تھیں۔اس کا چہرہ مزید سرخ ہو گیا،خوشی اس کے انگ انگ سے پھوٹ رہی تھی مگر وہ منہ سے کچھ نہیں بولی۔
شام ڈھلنے تک تبریز خان گھر نہیں آیا،گل جاناں کو اب پریشانی ہو رہی تھی اس کا سیل فون بھی بند جا رہا تھا۔
جب اس نے ایک بار پھر اس کا نمبر ملایا تو ساتھ ہی دروازے میں چابی لگنے کی آواز آئی گل جاناں تیزی سے اس کی طرف بڑھی۔مگر وہ کوئی بات کئے بغیر اپنے کمرے میں چلا گیا۔گل جاناں نے کھانا ٹرے میں لگایا اور کمرے میں آ گئی۔
''لے جاؤ اسے میں جب تک یہ داغ نہیں دھو لیتا کھانا نہیں کھاؤں گا،چاہے مر جاؤں۔''

''ایسا مت کہیں!'' گل جاناں نے تڑپ کر کہا۔ پھر وہ اس کے قریب بیٹھ گئی۔

''یہ پہن لو!'' اس نے ایک سرخ جوڑا زرمینے کے بستر پر رکھا۔

''کیا کوئی آرہا ہے؟''

''ہاں! بہت خاص مہمان آرہے ہیں۔''

''سچ......کون ؟'' زرمینے نے اشتیاق سے پوچھا۔

''پتہ چل جائے گا، تم تیار تو ہو جاؤ۔'' زرمینے کپڑے بدل کر آئی تو گل جاناں سرخ جوڑے میں کھلی خوبصورتی کو گہری نظروں سے دیکھنے لگی، اسے کسی میک اپ کی ضرورت تو تھی نہیں، گل جاناں نے اسے جھمکے دیئے جو اس نے کانوں میں پہن لئے۔ گل جاناں نے آگے بڑھ کر اس کا ماتھا چوما اور پانی کا گلاس اس تھما دیا۔

''یہ پی لو! دم کیا ہوا پانی ہے، نظر بد سے بچاؤ کے لئے!'' زرمینے ہلکا سا مسکرائی۔

''ماما جرمنی میں رہ کر اکیسویں صدی میں بھی آپ نظر پر یقین رکھتی ہیں؟''

''بیٹا جرمنی ہو یا دنیا کا کوئی بھی ملک اور کوئی بھی زمانہ برائی تو ہر وقت، ہر جگہ موجود رہتی ہے۔ ہم اپنے طور پر اس سے بچنے کی تدبیر کرتے رہتے ہیں۔'' زرمینے نے مسکراتے ہوئے اس کے ہاتھ سے گلاس لے کر پانی پیا اور بستر پر بیٹھ گئی۔ گل جاناں بھی وہیں بیٹھ گئی تو زرمینے نے جھٹ سے اس کی گود میں سر رکھ دیا اچانک اس کی نظر ماں کی کلائی پر پڑی۔

''ماما کڑے کہاں ہیں؟''

''اتار دیئے!''

''کیوں؟''

''بس یونہی!'' اس نے ایک سرد آہ بھری۔

''پھر سے پہن لینا۔'' مگر گل جاناں نے کوئی جواب نہیں دیا، وہ اس کے بالوں میں ہاتھ پھیرتے ہوئے اس کے بچپن کا گیت گنگنانے لگی۔

میری پری/ننھی پری/جو پرستان سے آئی ہے/اپنی ماں سے ملنے کے لئے
پھر ایک دن وہ اپنی ماں کو چھوڑ کر چلی جائے گی/ماں تنہا رہ جائے گی
مگر بیٹیاں تو ملتی ہی جدا ہونے کے لئے ہیں/بیٹی کی جدائی تو مقدر ہے/ہاں یہ جدائی مقدر ہے

اس کی پلکوں سے ایک آنسو کا قطرہ زرمینے کی گال پر گرا مگر وہ گہری نیند سو چکی تھی۔

جاگنگ ٹریک پر بھاگتے ہوئے اس کی نظر بائیں طرف بنے بینچ کے پیچھے پڑی تو اسے عجیب سا محسوس ہوا، یوں جیسے کوئی وہاں سو رہا ہے۔ مگر منفی 2 ڈگری میں کون ہوگا جو ایسی جگہ سوئے گا، وہ بھی بینچ کو

چھوڑ کر سردی سے اکڑی ہوئی گھاس پر؟ میری رک گئی اور پیچھے آتے ہوئے جان کا انتظار کرنے لگی۔ جان بھاگتا ہوا قریب آیا اور اسے رکا دیکھ کر وہ بھی رک گیا۔

''کیا یہ عجیب نہیں؟ ہمیں قریب جا کر دیکھنا چاہئے۔''

''چھوڑو ہمیں کیا، دوڑ مکمل کرو مجھے کام پر پہنچنا ہے۔'' جان نے بھاگنا شروع کر دیا تو میری بھی مجبوراً اس کے پیچھے بھاگنے لگی مگر اس کا ذہن اسی چیز میں اٹکا ہوا تھا۔ آدھے گھنٹے بعد اسی ٹریک پر ان کی واپسی ہوئی تو میری جان بوجھ کر دائیں جانب رہی، اس بینچ کے قریب پہنچ کر اس نے دیکھا کہ وہ سلیپنگ بیگ وہیں موجود تھا۔ جان ابھی تھوڑا پیچھے ہی تھا میری تجسس سے مغلوب ہو کر اس بیگ کے قریب آ گئی۔ سلیپنگ بیگ کے سر کی ٹوپی کی ڈوریاں اس طرح سے کسی ہوئی تھیں کہ پہلی نظر میں اس کے اندر جھانکنا مشکل تھا۔ یوں بھی جو حصہ کھلا تھا وہ لال رنگ کے کپڑے سے ڈھکا ہوا تھا۔ میری نے جھک کر بیگ کو ہاتھ لگایا تو اسے اندر کچھ موجود ہونے کا یقین ہو گیا۔ مگر اس کا ذہن اس بات کو تسلیم کرنے سے انکار کر رہا تھا کہ اندر کوئی سو رہا ہو گا۔ اب جان بھی اس کے قریب آ چکا تھا۔

''جان! اس میں کچھ ہے، ہمیں دیکھنا چاہئے!''

''تمہیں بہت شوق ہے ہر بات میں گھسنے کا کوئی مصیبت ہی نہ گلے پڑ جائے۔'' مگر میری اس کی بات پر توجہ دیئے بغیر وہ لال کپڑا اہٹا چکی تھی، اندر جو کچھ اسے نظر آیا وہ یکدم دہشت سے پیچھے ہٹی اور جان سے لپٹ گئی۔ جان نے جھانک کر دیکھا تو اسے بھی جھٹکا لگا۔

''اب تم جو بھی کہو، میں پولیس کو کال کرنے لگی ہوں۔'' ان کو یقین ہو چکا تھا کہ وہ لڑکی مر چکی تھی۔ جنگل کے اندر اس جگہ پہنچنے میں پولیس کو کچھ وقت لگا۔ انہوں نے ان دونوں کو پیچھے ہٹنے کا اشارہ کیا اور کاروائی میں مصروف ہو گئے۔

''کس قدر خوبصورت لڑکی ہے، اسے کیا ہوا؟'' میری ایک ہی بات سوچے جا رہی تھی۔ لڑکی کی کوئی شناخت نہیں ہو پا رہی تھی اس کے لباس سے انہیں اندازہ ہو چکا تھا کہ وہ کوئی پاکستانی لڑکی ہے جسے گلا گھونٹ کر مارا گیا تھا۔ پوسٹ مارٹم رپورٹ کے مطابق جب اسے وہاں لا کر ڈالا گیا تب اس کی سانسیں چل رہی تھی مگر خواب آور دوائی اور ہاتھ پاؤں بندھے ہونے کی وجہ سے شدید سردی کے باعث اس نے دم توڑا تھا۔ ٹی وی پر اس قتل کی خبر بار بار دکھائی جا رہی تھی۔ ایک لڑکے نے پولیس سٹیشن میں اپنی منگیتر کی گمشدگی پر تشویش کا اظہار کیا، اس کا کہنا تھا کہ وہ دن میں اتنا رابطے میں ضرور رہتے تھے کہ ان کو یہ خبر رہتی کہ وہ اس وقت کہاں ہیں اور کیا کر رہے ہیں مگر کل رات سے اس کا ہر رابطہ اس سے منقطع تھا اس کے گھر سے بھی نہ تو کوئی فون اٹھا رہا تھا نہ دروازہ کھول رہا تھا۔

شناخت ہو چکی تھی اور منگیتر کی مدد سے ہی اس کے ماں باپ کو زرمینے کی خالہ کے گھر سے گرفتار کر

لیا گیا۔تھوڑی سی کوشش کے بعد ہی انہوں نے اقبال جرم کرلیا تھا۔اس قتل میں ماں اور باپ دونوں ملوث تھے ماں نے خواب آور دوا پانی میں گھول کر اسے پلائی، جب کہ باپ اور چچا نے مل کر اس کا گلا دبایا اور اپنی طرف سے یہ یقین کر لینے کے بعد کہ وہ مر چکی ہے اسے اس کی دادی کی وہیل چیئر پر ڈال کر جنگل میں چھوڑ آئے ۔قتل کی وجہ انہوں نے غیرت بتائی ۔لڑکا زرمینے کے ساتھ ہی یونیورسٹی میں پڑھتا تھا بہت سی باتیں مشترکہ ہونے کی وجہ سے ان کی آپس میں دل چسپی بڑھتی گئی اور ساتھ ہی ساتھ یہ یقین بھی کہ دونوں کے ماں باپ کو اس بات پر اعتراض نہ ہوگا۔مگر زرمینے کا گھر میں اپنی پسند کا اظہار قیامت بن گیا تھا۔زرمینے کی ماں جرمنی میں رہتے ہوئے اس بات کو سمجھ چکی تھی کہ لڑکا اور لڑکی آپس میں ایک دوسرے سے پسند کا اظہار کر لیتے ہیں، ان کی شادی ہو جانے میں کوئی حرج بھی نہیں، یہ بات اس نے اپنے شوہر کو بھی سمجھا کر اس رشتے پر راضی کر لیا تھا۔ یوں بھی ذات برادری ایک ہونے کی وجہ سے اس میں ان کو کوئی حرج بھی محسوس نہیں ہو رہا تھا۔مگر چچا نے یہ بات پاکستان میں بڑے بھائی تک خوب نمک مرچ لگا کر پہنچائی اس کا ایک ہی موقف تھا کہ اب لڑکیاں مرضی کی شادیاں کرنے لگی ہیں آج تو برادری کا لڑکا ہے اس سلسلے کو یہیں نہ روکا گیا تو کل غیر بھی ہو سکتے ہیں۔

بڑے بھائی نے بھڑک کر زرمینے کے باپ کو فون کیا اور اسے خوب لتاڑا۔اور زرمینے کے باپ نے اس کی ماں کو جس نے بعد میں اس داغ کو دھونے کی یہ تجویز پیش کی۔ وہ اسے بہت دور دراز جنگل میں پھینک آئے تھے اور اب پاکستان جانے کی تیاری میں مصروف تھے مگر اس بات کو یکسر فراموش کر چکے تھے کہ اس کا منگیتر اسے یونیورسٹی میں نہ پا کر اس کے متعلق پوچھ سکتا ہے اس کا حل انہوں نے یہی سوچا تھا کہ اس کے رابطے کی ہر کوشش کو ناکام بنا دیا جائے گا۔اپنی طرف سے وہ زرمینے کو بہت دور جنگل میں پھینک آئے تھے مگر اس جنگل میں سائیکلنگ اور جاگنگ کے ٹریکس بنے ہوئے تھے جہاں سارا سال لوگ جاگنگ کرتے رہتے ہیں۔

''وہ لڑکی جو آپ کی عزت آپ کی غیرت تھی، اسے یوں سڑک پر کھلے عام پھینک کر آتے ہوئے آپ کی غیرت کیوں نہیں جاگی؟'' اس کا منگیتر شدید دکھ کی حالت میں ان سے پوچھ رہا تھا۔

''ہاں غلطی ہوگئی......وہاں دفن کر کے آنا چاہیے تھا، مگر اس کا وقت نہیں ملا'' اس کے باپ کے چہرے پر شرمندگی یا تاسف کی رمق تک نہ تھی۔اس نے بیٹی کی جان لے کر غیرت بچائی تھی وہ خود کو حق پر گردان رہا تھا۔

سزا کاٹ کر جیل سے نکلے تو سامنے ہی زرمینے کو دیکھ کر ٹھٹھک کر رک گئے وہ ایک جرمن عورت کے ساتھ کھڑی تھی اس نے نیلی جینز پر سفید بلاوز پہن رکھا تھا۔ان کی آنکھوں میں کئی برس پہلے والی زرمینے کی شبیہ جھلکی ۔اس کی ایک بہت خوبصورت تصویر سوشل میڈیا پر وائرل ہوئی تھی سر سے پاؤں تک سیاہ عبایئہ میں لپٹی ہوئی مہندی لگے ہاتھوں میں موبائل پکڑے ہوئے وہ ہلکے سے مسکرا رہی ہے، اس بات سے بے خبر کہ چند دن بعد اس کے ساتھ کیا ہونے والا ہے، اس کے اپنے ہی ماں باپ اس کے قاتل بن جائیں گے ، اس کی

ماں جواس پر جان چھڑکتی تھی لوری سناتے سناتے اس کی جان لے لے گی۔ وہ تیزی سے اس کی طرف بڑھی۔

''میری پلوشے، میری جان!''

پلوشے جو بنی بنائی زرمینے تھی یکدم پیچھے ہٹی اوراس جرمن عورت کے پیچھے چھپ گئی۔ وہ جیل کے اس تمام عرصے میں اپنے ماں باپ سے ملنے نہیں آئی تھی مگر اس کے نگراں ادارے والوں نے کہا تھا کہ یہ ضروری ہے کہ وہ ایک بار ان سے مل کر ان سے خود کہہ دے جو وہ کہنا چاہتی ہے۔ جرمن عورت نے اسے تھپکی دی اور آگے بڑھ کر بات کرنے کو کہا۔ پلوشے آہستہ قدموں سے چلتی ہوئی آئی اس نے باپ کی طرف نظر اٹھا کر بھی نہیں دیکھا ماں کی طرف دیکھتے ہوئے اس کی آنکھوں سے غصہ اور دکھ جھلک رہے تھے۔

''ماما آپ نے اور بابا نے اس دن جو کچھ بھی کیا، میں نے سب اپنی آنکھوں سے دیکھا تھا مگر میں اتنا ڈر چکی تھی کہ کچھ نہیں کر سکی میں بہت چھوٹی تھی، آپ نے میری بہن کو صرف محبت کی اتنی بڑی سزا دی مگر ظلم تو مجھ پر بھی کیا، میں اس دنیا میں اکیلی رہ گئی ہوں، مجھ سے میری بہن چھین ہی لی تھی۔ میرے ماں باپ بھی مجھ سے چھن گئے۔ آپ کی ایک نہیں دونوں بیٹیاں مر چکی ہیں۔''

''پلوشے میری جان، ایسا نہ کہو......'' گل جاناں تڑپ کر آگے بڑھی۔

''میرے قریب نہ آئیں، مجھے آپ سے خوف آتا ہے، آپ نے جو کچھ زرمینے کے ساتھ کیا میرے ساتھ بھی کر سکتی ہیں۔''

''ایسا نہ کہو تم ایک ماں کا دکھ نہیں جانتیں، عزت گنوا کر جینا___''

''عزت! وہ بیٹی جس کی عزت کی تمام عمر آپ نے رکھوالی کی اسے ادھ موا شدید سردی میں چھوڑتے ہوئے آپ کو غیرت نہیں آئی؟ اس بے چاری کے ہاتھوں کی مہندی بھی نہیں اتری تھی، آپ نے اس کے ہاتھوں سے زندگی کی لکیر ہی مٹا دی۔ آپ اس سے ہر تعلق ختم کر دیتیں، مگر اس سے زندہ رہنے کا حق تو نہ چھینتیں۔'' یہ کہہ کر وہ جرمن عورت کی طرف مڑی اور اس سے جرمن میں کہا کہ وہ اب جانا چاہتی ہے۔

''زرمینے رک جاؤ۔'' گل جاناں تڑپ کر چلائی۔

''میں زرمینے نہیں پلوشے ہوں۔'' اس نے مڑ کر طنز اور تاسف بھری نظروں سے اسے دیکھا اور جانے کے لئے قدم بڑھا دیئے۔

◀◀ ● ▶▶

● **مونا شہزاد**

طوائف کہانی

محفلِ ادب زوروں پر تھی۔ تمام ادیب اپنے اپنے نظریات پیش کرنے میں مصروف تھے۔ بات سے بات نکلی اور ذکر اس بدنام محلے کا ہونے لگا۔ جہاں پر دن سوتے تھے اور راتیں جاگتی تھیں۔ جسموں کی منڈی لگتی تھی، ہوس کا دیوتا عریاں ہو کر ناچتا تھا اور میڈوسا سرسراتے ہوئے سانپوں سے بھرا سر لئے دیوانہ وار رقص کرتی تھی۔ ایک ادھیڑ عمر ادیب نے اپنے چشمے کو اوپر کرتے ہوئے ایک آنکھ دبا کر معنی خیز انداز میں مسکراتے ہوئے کہا۔

''میاں! یہ ہم ادیبوں کا ہی قصور ہے جو طوائف کو بے بس مخلوق بنا کر ہم افسانوں، کہانیوں میں پیش کرتے آرہے ہیں۔'' تمام حاضرین محفل اس کی جانب متوجہ ہوگئے۔ اپنی بات کی اثر انگیزی دیکھ کر وہ چٹخارہ بھرتے ہوئے بولا۔

''ارے بھئی! میں کہتا ہوں کہ طوائف کے متعلق خود ترسی سے نکل آو۔ تاریخ اٹھا کر دیکھو! یہ جسم فروشی ایک پیشہ ہے، پیشہ...... دنیا کا قدیم ترین پیشہ۔ آپ سب اس حقیقت کو تسلیم کیوں نہیں کر لیتے؟ فضول بحث و مباحثہ چھیڑے رکھتے ہیں۔ عورت اس لئے طوائف بنتی ہے کیونکہ اس کے پاس ایک جنس موجود ہے۔ وہ اس کی طاقت، قدر و قیمت سے واقف ہوتی ہے۔ وہ قیمت لیتی ہے اپنے ناز و ادا کی...... اپنے جسم کی............ کیا آپ سب نے غلام عباس کا افسانہ 'آنندی' نہیں پڑھا؟'' دوسرے ادیب نے سر دھنتے ہوئے کہا۔

''میرے پسندیدہ مصنف ہیں غلام عباس اور آنندی ایک شاہکار تحریر ہے۔'' ادھیڑ عمر ادیب بولا۔

''بھئی غور کیجئے۔ جس طوائف نامی غلاظت کو شہر سے نکالا تھا وہی غلاظت ایک بیابان کو گلستان میں بدلنے میں کامیاب ہوگئی۔ یہ اس بات کی دلیل ہے کہ وہ پیشہ ور عورتیں تھیں جن کی پسند، ان کی ترجیح ان کا پیشہ تھا۔'' ایک جوان سالہ مصنفہ ماتھے پر بل ڈال کر بولی۔

''حضرات! آنندی ایک شاہکار تحریر ہے۔ اس بات سے مجھے انکار نہیں ہے۔ مگر مجھے آپ لوگوں کے نکتہ نظر سے انکار ہے۔ بات صاف کیجئے۔ یہاں ہم عورت ذات کی بات کر رہے ہیں، جو ماں

ہے، بہن ہے، بیٹی ہے، بیوی ہے......جس کے کئی رشتے اور روپ ہیں۔ جو وقت پڑنے پر ہر پیشہ چنتی ہے۔ مگر معاف کیجئے گا وہ کبھی بھی اپنی ذات کی نفی کرتا ہوا پیشہ طوائف خود سے نہیں چنتی۔ اس کو معاشرہ طوائف کا پیشہ سونپتا ہے۔ کوئی عورت کبھی بھی طوائف نہیں بننا چاہتی؟ اسے آپ جیسے نام نہاد عزت دار گھرانوں کے مرد ہی چکلے پر بٹھاتے ہیں۔ آنندی میں طوائفوں نے کسی کو نہیں بلایا تھا۔ لوگ خود ہی ان کی کشش میں اس ویرانے میں بس گئے تھے۔"

حاضرین محفل پر سکوت ساطاری ہوگیا۔ شاید ایک عورت کے منہ سے نکلا کرارا سچ انھیں ہضم نہیں ہورہا تھا۔ سب نے بے چینی سے پہلو بدلے۔ کچھ نے اپنے پاندان کھول لئے۔ کچھ اپنے موبائل فونز پر مصروف سے ہوگئے۔ محفل میں موجود چند دیگر خواتین نے سکھ کا سانس لیا اور انھوں نے جوان سال مصنفہ کو احسان مندی کی نظروں سے دیکھا۔ آخر کار عورت ذات کی عزت کا سوال تھا۔ ایک بوڑھی شاعرہ کھنکھارتے ہوئے کھڑکھڑاتی ہوئی آواز میں گویا ہوئیں۔

''طوائف تو ایک گالی ہے۔ کوئی عورت یہ گالی نہیں بننا چاہتی۔'' محفل میں ایک حساس شاعر جس کو لوگ اقتدار اعوان کے نام سے جانتے تھے وہ بھی اتفاق سے آج کی محفل میں موجود تھا۔ اس نے سر اٹھا کر کہا۔

''میں مرد ذات ضرور ہوں مگر آپ خواتین کی اس بات سے سو فیصد متفق ہوں۔ عورت کا خمیر رب نے پاکیزگی اور محبت سے اٹھایا ہے۔ طوائف ایک پیشہ نہیں ایک جبر ہے۔ جو عورت ذات کے اوپر مردوں نے مسلط کیا ہے۔ کل ہی ایک نظم میں نے 'نچنیا' کے نام سے لکھی ہے۔ آپ سب کی خدمت میں پیش کرتا ہوں۔ یہ ایک کوٹھے میں پیدا ہوئی بنت حوا کی پکار ہے۔ اس کا سوال ہے۔

نچنیا

شاعر: اقتدار اعوان

مقدر میں لکھے ہوئے چھن چھنا چھن / یہ گھنگرو میرے پیر پر تو بندھے ہیں
یہ نوٹوں کی قیمت پہ بل کھاتا لاشہ / یہ لپکے...... یہ لٹکے...... یہ مٹکے...... یہ جھٹکے
سروں کی تڑپ میں بدن کی یہ تھرکن / ہوس کی صداؤں میں ملفوف واہ! واہ!
مقدر تو ہے پر...... یہ میں تو نہیں ہوں! / گو بکتی تو ہوں...... پر کوئی شے تو نہیں ہوں!
شریفوں کی عزت......رئیسوں کی حرمت / پلی گر نہ ہوتی نچنیا کے گھر میں!
تو میرے بھی ابا دوپٹے میں ڈھانپے / کسی شاہزادے کی دلہن بناتے
میرے بھائی کرتے وداع زیرِ قرآن / وہ ڈولی کو میری گلوں سے سجاتے
وہی پھول اب روز رندتے ہیں پیروں / دوپٹے کے دامن کی کترن کی جھالر

کرائے کے بستر سے لٹکی ہے ایسے ر سہاگن کے سر میں بھری راکھ جیسے
یہ صدیوں سے ایسے ہی چلتا رہا ہے ر اور شائد ابد تک ہی چلتا رہے گا
شریفوں کے بچوں کا تاریک نطفہ رطوائف کی جھولی میں پلتا رہے گا
نہ گھنگرو رکیں گے...... نہ سازوں کی مستی رجسم بکتا رہا ہے سو بکتا رہے گا
روح پاکیزہ جتنی بھی ہو چاہے لوگو! ر حرافہ کا دھبا ہے لگتا رہے گا
نہ گھنگرو رکیں گے نہ سازوں کی مستی رجسم بکتا رہا ہے سو بکتا رہے گا

محفل میں موجود خواتین کی آنکھیں نم ہو گئیں۔ کچھ مرد حضرات بھی متاثر نظر آئے۔ مگر کچھ لوگ ابھی بھی متفق ہوتے نظر نہیں آ رہے تھے۔ کچھ نے داد و تحسین دی اور کچھ لوگ بحث و مباحثے میں مصروف ہو گئے۔ رات بھیگ چکی تھی۔ رفتہ رفتہ سب حاضرین محفل نے رخصت لے لی۔ رات آنکھیں موندے کھڑی یہی سوچ رہی تھی کہ معمہ تو حل نہیں ہو پایا۔

''کیا واقعی طوائف کا پیشہ عورت اپنے شوق سے اپناتی ہے؟'' چاندنی نے چٹک کر رات کے کانوں میں سرگوشی کی اور بولی۔

''سکھی! اس معمے کو حل ہم دونوں مل کر بھی کبھی نہیں کر پائیں گی۔ اس لئے دھیرج رکھو۔'' دور ریڈ لائٹ ایریا میں گھنگرووں کا شور عروج پر تھا۔ ہر کوٹھے پر نچنیا دیوانہ وار رقص میں مصروف تھیں۔ ان کے اردگرد رالیں ٹپکاتے ابن آدم کا ہجوم بے کراں تھا۔ نوٹ وارے جا رہے تھے۔ عجب ماجرا یہ تھا کہ تماشائیوں میں ایک بھی عورت ذات موجود نہیں تھی۔

اس کے ماتھے پر پسینہ آ رہا تھا مگر وہ ایک ٹرانس کی سی کیفیت کا شکار تھا۔ اس نے سر جھٹک کر خود کلامی کرتے ہوئے کہا۔

''جب جان کنی کی کیفیت طاری ہو جائے تو مردار بھی حلال ہو جاتا ہے۔'' اس کا ضمیر چپکے سے بولا۔

''کیا واقعی تجھ پر جان کنی کی کیفیت طاری ہے؟ کیا تجھ پر تمام حلال ذرائع کے دروازے بند ہو گئے ہیں یا تو نے خود پر حلال ذرائع کے دروازے خود بند کر لئے ہیں؟ تو لوگوں کی واہ واہ سنتے سنتے اتنا اس داد کا عادی ہو گیا ہے کہ تو صحیح کام کے لئے صحیح طریقہ بھی اپنانے سے قاصر ہے۔ اگر تیری بیوی مفلوج ہے تو دین تجھے دوسری شادی کی بھی تو اجازت دیتا ہے۔'' اس نے سر جھٹک کر زیر لب کہا۔

''جب بازار کھلے ہیں تو ذمہ داری گلے باندھنے کی مجھے کیا ضرورت ہے۔'' اس نے گاڑی میں میوزک تیز کر دیا اور ایکسلیریٹر پر پاؤں کا دباو بڑھا دیا۔ گاڑی زن سے رفتار پکڑ گئی۔ وہ مقررہ روڈ پر پہنچ چکا تھا۔ روڈ کی گہما گہمی کم ہو چکی تھی مگر ابھی بھی کچھ عورتیں سٹریٹ لیمپس کے نیچے کھڑی دکھائی دے رہی

تھیں۔سردی کے باعث دھند میں اضافہ ہوگیا تھا۔اس نے بے چینی سے ماتھے پر ہاتھ پھیرا۔اس نے سوچا۔

''اگر کسی نے مجھے یہاں دیکھ لیا تو میری سماج میں کیا عزت باقی رہ جائے گی؟'' ایک لمحے کے لئے دل کیا کہ وہ پلٹ جائے مگر رات کے گھور اندھیرے نے اس کی ہمت بندھائی۔اس نے گاڑی روکی اور سٹریٹ لائٹ کی روشنی میں اپنی مطلوب نظر ڈھونڈنے لگا۔اچانک ایک عورت نے کھڑکی کے شیشے کو کھٹکھٹایا۔اس نے شیشہ نیچے کیا۔مگر اس سے قبل کہ وہ کچھ بولتا،عورت دروازہ کھول کر پسنجر سیٹ پر خاموشی سے بیٹھ گئی۔اس نے فٹافٹ گاڑی دوڑادی۔گاڑی میں چنبیلی اور موتیئے کی ملی جلی سی خوشبو پھیل گئی۔اس عورت نے شاید چنبیلی کا عطر لگایا ہوا تھا۔اس نے کن اکھیوں سے دیکھا،عورت کی رنگت سفید تھی اور ناک نقشہ سبک تھا۔اس کا جسم بہت ہی توبہ شکن، بھرا بھرا سا تھا۔مگر اس کی آنکھیں بہت ہی اداس تھیں۔ایسے لگتا تھا جیسے وہ ایک مردے کی آنکھیں ہوں۔ان آنکھوں میں مرگ کی کیفیت تھی۔اس نے اپنی نظریں چرائیں اور اپنی توجہ عورت کے جسم کی جانب مبذول کرلی۔اس کے رگ وپے میں سنسنی سی دوڑ گئی۔ایک عجب سی مستی نظروں میں چھانے لگی۔اس کا موڈ یکا یک بحال ہوگیا۔اس نے بے خیالی میں ایک خواشگوار دھن پر سیٹی بجانی شروع کردی۔

رات جیسے جیسے قریب آرہی تھی زلیخا کا دم گھٹتا جارہا تھا۔بچے آخری بچی ہوئی مٹھی بھر دال اور چاول کی کھچڑی کھا بیٹھے تھے۔اس کی آنکھوں کے سامنے کل کیا ہوگا؟ یہ سوال پوری وحشت سے ناچ رہا تھا۔پچھلے دو سال کی ایک ایک بچت کی پائی اس کے شوہر نصیر کی بیماری پر لگ گئی تھی۔اس کے مرنے پر اس کا کفن دفن بھی انور خان کے اُدھار کے پیسوں سے ہوا تھا۔انور خان جیسا سود خور بنیا کسی کو پیسے بغیر کسی غرض کے دے دے یہ بات اس وقت اسے سمجھ نہیں آئی تھی۔وہ سمجھی تھی کہ شاید خدا ترسی اس کے کافر دل میں آگئی تھی۔مگر پرسوں رات ہی جب وہ زبردستی اس کے گھر گھس آیا اور اس کی چیخوں پر بھی کوئی مدد کو نہیں پہنچا تب اسے پتا چلا تھا کہ زور آور درندے کے آگے لاچار بکری کی کوئی حیثیت نہیں ہوتی۔اس شیطان نے بند کمرے میں اس سے قرضے کی ایک ایک پائی سود سمیت وصول کی تھی۔اس کی آہ و بکا سب بیکار ثابت ہوئی۔اسے زندگی میں پہلی بار پتہ چلا کہ وہ تو محض ایک جنس تھی۔انور خان نے جاتی دفعہ آنکھ دبا کر اسے مشورہ دیا کہ اگر وہ اپنے بچوں کو بھوک سے مرنے سے بچانا چاہتی ہے تو اپنی دکان سجالے۔وہ دس روز فیصلے کی سولی پر لٹکتی رہی۔اس نے گھروں میں کام لینے کی کوشش کی مگر ہر جگہ اس کا رنگ وروپ آڑے آگیا۔محلے والوں نے اسے عدت کے دوران باہر نکلنے پر طعنوں کا نشانہ بنانا شروع کردیا۔آخر تمام راہیں مسدود پاکر اس نے گھٹنے ٹیک دیئے۔اس نے فیصلہ کیا تھا کہ وہ اپنے بچوں کو بھوک اور افلاس کی بھینٹ نہیں چڑھنے دے گی۔آج اس کے فیصلے کے عملدرآمد کرنے کی پہلی رات تھی۔رات کے نو بجنے والے تھے۔اس نے آہستگی سے اپنے ساتھ لیٹے ہوئے دونوں بچوں کو پیچھے کیا،ان کے ماتھوں پر نرمی سے بوسہ دیا،وہ کچھ دیر

تک انھیں یک ٹک دیکھتی رہی۔بچپن بھی کیسا معصوم اور بے فکر ہوتا ہے اس کی عملی تفسیر اس کے اپنے بچے تھے۔اس نے ایک سرد آہ بھری اور نرمی سے ان کے اوپر کمبل درست کیے اور پھر دبے پاوں غسل خانے میں چلی آئی۔نہا دھو کر کپڑے بدل کر وہ اپنی پرانی ٹوٹی ہوئی سنگھار میز کے سامنے آ کھڑی ہوئی۔اس نے بے دلی سے اپنا میک اپ شروع کر دیا۔اس کے ہاتھ ابھی بھی کپکپاہٹ کا شکار تھے۔اس نے دل ہی دل میں خود کو برا بھلا کہا۔اس نے برہمی سے اپنے چہرے پر غازے کی تہہ کو مزید گہرا کیا۔ہونٹوں پر سرخ رنگ کی لپ اسٹک کی ایک اور تہہ لگائی۔بالوں میں موتیے کے پھولوں کے گجرے لگائے۔اس نے کھڑے ہو کر قد آدم آئینے میں اپنا جائزہ لیا۔اس کا پچھلے کچھ سالوں میں کچھ وزن بڑھ گیا تھا مگر اس کے نتیجے میں اس کا جسم زیادہ کشش انگیز ہو گیا تھا۔اس پر اپنی شادی کی یہ سبز بنارسی ساڑی ابھی بھی بہت پھب رہی تھی۔اس کا شاکنگ پنک بلاوز اس کے بالائی جسم کی رعنائیوں کو چھپانے کے بجائے انھیں مزید ابھار رہا تھا۔اُسے یاد آیا کہ وہ نصیر کی فرمائش پر بھی یہ ساڑی نہیں پہنتی تھی۔اس کے اصرار پر وہ چڑ کر کہتی تھی۔:

''میاں! تمھیں تو لاج آتی ہی نہیں۔میں شریف زادی ہوں، یہ طوائف زادیوں جیسا پہناوا میں نہیں پہن سکتی۔خبردار! جو آئندہ مجھ سے فرمائش کی۔'' اس نے چور نگاہوں سے اپنی کمر کا خم اور ننگے پیٹ پر نظر دوڑائی اسے وہ بہ آواز بلند 'طوائف'، 'طوائف' کے نعرے لگاتے ہوئے محسوس ہوئے۔اس نے گھبرا کر آنکھیں چرا لیں۔مصنوعی سونے کا ہار اس کے سینے پر عجب بہار دکھا رہا تھا۔اس کے کانوں میں پڑے آویزے رہ رہ کر اس کے مکھ کو چوم رہے تھے۔اس کے میک اپ زدہ پلاسٹرڈ چہرے پر صرف اس کی آنکھیں تھیں جواب بھی اس کی وضع قطع کا ساتھ نہیں دے رہی تھیں۔وہ آئینے میں اپنا عکس دیکھ کر ٹھٹک سی گئی۔اس کی بیوہ آنکھیں عجب سوالی سی بن کر اس کا چین غارت کرنے پر تلی تھیں۔اس نے ناگواری سے سنگھار میز پر پڑا سبز آئی شیڈ اٹھایا اور اپنی آنکھوں کے پپوٹوں کو مہارت سے رنگنا شروع کر دیا۔اس نے پھر بیچ میں شاکنگ پنک آئی شیڈ کی میچنگ کی۔مگر پتہ نہیں کیوں اس کے باوجود اس کی آنکھوں میں سے سوال کا رنگ مدھم نہ ہوا۔اس نے تنگ آ کر اپنے ہونٹوں کو بھی شاکنگ پنک لپ اسٹک سے مزید رنگ ڈالا۔اس کی آنکھیں اب بھی شیشے کے دریچے میں سوالی سی بنی روئی روئی سی کھڑی تھیں۔اس نے ساڑھی کا پلو اپنے اوپر پھیلایا اور پھر سیاہ چادر اوڑھ کر کمرے سے نکل آئی۔اس نے آہستگی سے کمرے کے دروازے کو تالا لگایا اور گھر سے دبے قدموں باہر نکل گئی۔آج سردی کڑاکے کی تھی۔وہ گھر سے باہر نکل کر تاریکی کا حصہ بن گئی۔دھڑکتے دل سے مقررہ جگہ سے رکشہ لے کر وہ اپنی منزل تک جا پہنچی۔اس نے چادر تہہ کر کے رکشے میں ہی رکھی اور اسے کہا۔

''بابا بشیر! صبح چار بجے تک دوبارہ یہیں آ جانا۔'' بابا بشیر کی سفید داڑھی آنسوؤں سے تر تھی۔اس نے خاموشی سے اثبات میں سر ہلا دیا۔

اس نے رکشے سے اتر کر ایک ٹھنڈا سانس لیا اور اپنے پلو کو پیٹ سے ہٹایا اور مٹکتی جھٹکتی مشہور چوراہے پر آ کر کھڑی ہوگئی۔ وہاں اس جیسی کئی بنات حوا کھڑی تھیں۔ جسم کا بازار سجا ہوا تھا۔ کئی لڑکیوں کے ساتھ ان کے دلال بھی تھے۔ گاہک آتے تھے اور منڈی سے بھاؤ تاؤ کر کے پسندیدہ مال ساتھ لے جاتے تھے۔ وہ شش و پنج میں مبتلا تھی۔ رفتہ رفتہ سڑک خالی ہونے لگی۔ اب وہ ہمت کر کے ایک دو گاڑیوں کی جانب لپکی مگر آج جیسے وہ نادیدہ سی ہوگئی تھی۔ ہر خریدار اس کا ہاتھ جھٹک کر کسی نئی نوخیز کلی کی جانب ہاتھ بڑھا دیتا تھا۔ اس کی آنکھوں کے آگے سوالیہ نشان ناچ رہا تھا کہ اگر آج رات وہ خود کو بیچنے میں کامیاب نہ ہوئی تو کیا اس کے بچے بھوکے سوئیں گے؟ اسے اپنے گھر کے خالی راشن کے ڈبے یاد آ گئے۔ پھر اپنی پڑوسن رشیدہ یاد آ گئی جس نے بیوہ ہونے کے ایک مہینے کے بعد ہی اپنی عدت کے دوران چوہے مار گولیاں پیس کر اپنے بچوں کو کھلائیں تھیں اور پھر خود کھا کر مر گئی تھی۔ کیونکہ معاشرے کے نام نہاد ٹھیکیداروں کو اس کے عدت کے دنوں کا شمار تو یاد تھا مگر اس بیوہ کے گھر ہوتے فاقوں کا شمار کسی کو بھی یاد نہیں تھا۔ وہ ابھی ان خوفناک سوچوں کے مدوجزر میں ڈوب ابھر ہی رہی تھی کہ ایسے میں ایک گاڑی اسے سڑک پر رکتی نظر آئی، اس نے آخری فیصلہ کیا اور جا کر گاڑی کا شیشہ کھٹکا دیا۔ ایک نئی طوائف کہانی کا آغاز ہو چکا تھا۔

◀◀ ● ▶▶

● گل ارباب

ادھوری حقیقت

وہ بہت ساری تھیں.....کوئی سانولی کوئی کالی اور چند ایک تو ان میں گوری بھی تھیں۔
شکلیں بھی سبھی کی ایک دوسرے سے مختلف تھیں کچھ کے نقش تیکھے کچھ کے موٹے اور بھدے کوئی فراخ پیشانی والی تھی تو کسی کا ماتھا چپٹا سا تھا لیکن ان میں کچھ چیزیں مشترک بھی تھیں جن میں سے ایک تو اداسی تھی اور دوسری تھیں سب کی عمریں...... ہاں سروں پر بالوں کا نہ ہونا یا کسی کے سر پر محض چند بال ہونا بھی مجموعی تھا ۔سبھی کے چہرے زرد موسموں کی تصویر تھے یوں جیسے ہلدی یا ابٹن ان کے منہ پر خوب رگڑ رگڑ کر مل دی گئی ہو اور پھر منہ دھونا بھول گئی ہوں چہروں کی زردیوں کے علاوہ ہر ایک کا باقی وجود گہرے سرخ رنگ میں رنگا ہوا تھا۔

''سنو! تم مسلمان ہو؟'' نئی آنے والی سے سب پوچھ رہی تھیں۔

'' ہاں میں سنا کرتی تھی اماں تلاوت کرتی تھیں اور ابا نعت پڑھتے تھے......شاہ مدینہ......شاہ مدینہ...... یثرب کے والی......سارے نبی تیرے در کے سوالی۔'' وہ ہل ہل کر نعت پڑھ رہی تھی۔

ساتھ والی سانولی سلونی نے اپنی گہری بھوری آنکھیں جھپکاتے ہوئے ناگواری سے اسے دیکھا اور نخوت بھرے انداز میں بولی۔

''ایک تو مسلمان کوئی موقع ہاتھ سے جانے نہیں دیتے۔اب یہ جگہ ایسی ہے جہاں نعت پڑھی جائے؟اتنی بڑی ہستی کا ذکر کیا جائے؟''

''تمھیں کیا مسئلہ ہے؟'' ساری مسلمان لڑکیاں ناگواری سے اسے گھورنے لگیں۔

'' جن کا ذکر ہماری مقدس کتاب میں ہے ہم پر بھی ان کا احترام فرض ہے۔''

'' کاش کہ تمہارے والدین بھی دین کی کچھ الف ب جان لیتے۔اگر ایسا ہوتا تو آج تم یہاں پر نہ ہوتیں۔'' سب سے کمزور والی نے کہا تو یہ سن کر اس کی بڑی بڑی آنکھوں میں ملال کے جلتے بجھتے دیے کا کالا سیاہ دھواں پھیل گیا۔دھویں کی تلخی ان سب کی بصارتوں میں کڑواہٹ گھولنے لگی۔

''اچھا چھوڑو،تم یہ بتاؤ بھگوان کیسا ہوتا ہے؟'' سوال کرنے والی مسلمان تھی

''میں نے صرف سن رکھا ہے اور کہتے یہ ہیں کہ بالکل ماتا جیسا ہوتا ہے۔'' سب ہنسنے لگیں۔ان کا

ہنسنا رونے سے زیادہ دردناک تھا اور قہقہوں میں سسکیاں صاف سنائی دیتی تھیں۔

''سیدھی بات کرو نا کہ بھگوان اور ماں دونوں کی ملی بھگت سے تم ادھر آئی ہو؟'' وہ یہ سن کر بپھر گئی۔

''ماں مجھے یہاں بھیجنے پر مجبور تھی۔ اسے کچھ مت کہو۔ وہ تو میری رخصتی پر خوب روئی بھی تھی۔ گال بھی پیٹے تھے اور بابا کے سامنے ہاتھ بھی جوڑے تھے کہ مجھے یوں رخصت نہ کریں۔'' مسلمان لڑکیاں پیٹ پکڑ کر ہنسنے لگیں۔

''بھلا بھگوان اور ماں بھی کبھی مجبور ہوتے ہیں؟ اور جو مجبور ہو جاتے ہیں وہ بھگوان اور ماں کیسے ہو سکتے ہیں؟'' اس کی بات پر سب چپ ہو گئیں۔

''مجھے تو کسی سے کوئی گلہ نہیں بس افسوس ہے کہ وہ لوگ خود جہاں ایک لمحہ بھی نہ رہ پاتے اس جگہ پر ہمیں بھیج دیا؟'' اس کی دکھی آواز پر وہ سب پھر سسکیوں بھرے قہقہے لگانے لگیں۔

''لوگ؟'' وہ شرمندہ سی ہو گئی اس سوال پر۔

''نہیں لوگ نہ کہو انہیں۔ وہ ہمارے ماں باپ ہیں افسوس تو اسی بات کا ہے۔'' سب دیر تک چپ رہیں لیکن چپ اندر کے شور کی گھبراہٹ سے ٹوٹ جاتی تھی آج بھی ٹوٹ گئی۔ چپ کے ٹوٹنے سے بھی تو کرچیاں انہی کو زخمی کرتی تھیں لیکن اب یہ زخم زیادہ تکلیف نہیں دیتے تھے کیونکہ سبھی بانٹ لیتی تھیں۔

''کوئی اچھی بات کرو نا۔'' وہ ان سب میں سمجھدار تھی شاید کسی بہت پڑھی لکھی ماں کی بیٹی تھی۔

''تم ہم میں سب سے زیادہ سمجھدار ہو لیکن کبھی بتایا نہیں کہ تمہاری ماں کیا کرتی تھی؟'' وہ تاروں بھرے آسمان کی طرف حسرت سے دیکھتے ہوئے اداس لہجے میں بولی۔

''مما بہت بڑی مبلغہ ہیں۔ وہ ناامید عورتوں کے دلوں میں بجھے ہوئے امید کے دیے کو روشن کرتی ہیں......اپنے حسن بیان کا تیل ڈال کر۔''

''اگر وہ ناامیدی کے اندھیروں کو اپنے حسن بیان سے امید کے اجالوں میں بدل سکتی تھیں تو تمہارے باپ کا جہالت کے اندھیرے میں ڈوبا دل کیوں نہ بدلا؟'' وہ چپ ہوئی تو سریلی آواز والی نے وہ سوال پوچھ لیا جو سبھی کے دلوں میں تھا لیکن ان میں سے کوئی بھی اس کی دل آزاری کے خیال سے نہیں پوچھ رہی تھی کیونکہ وہ بہت اچھی تھی سب کا خیال رکھنے والی اس لیے سب اس کا بھی خیال رکھتی تھیں۔

وہ چند پل خاموش رہی پھر بغیر پلکوں والی آنکھیں کھول کر باری باری سب کی سوالیہ نظروں کا سامنا کرتے ہوئے اتنی دھیمی آواز میں بولی کہ سب کو سماعتوں کا پورا زور لگا کر سننا پڑا۔

''کیونکہ ان کا اپنا دل جہالت کے اندھیروں سے نکلنا نہیں چاہتا تھا دوسروں کے دل بدلنے والوں کو بھی باہر کی روشنی چاہیے ہوتی ہے۔ اپنے دل کے اندھیرے مٹانے کے لیے۔'' خاموشی کا ایک طویل

وقفہ سریلی نے گنگناتے ہوئے توڑا۔ وہ گانے لگی۔

''مائیں نی میں کنوں آکھاں......''

وہ سب خاموشی سے سن رہی تھیں۔

''میری ماں نے تو مجھے یہاں بھیج کر بہت اچھا۔ کیا جانتی ہو کیوں؟ اس لیے کہ وہ جہاں رہتی ہے وہاں بھی ایسا ہی ماحول ہے۔ بدبودار اور گندا۔ کم سے کم یہاں وہ تو مجھے نہیں دیکھ سکتی نا۔ وہاں رہتی تو وہ اپنے ساتھ میرے درد بھی سہتی۔'' وہ پھر وہی کلام گنگنانے لگی جو اس کی ماں محفلوں میں گاتی تھی۔

''چلو کچھ کھیلتے ہیں'' یہ سن کر وہ سب اپنی اپنی بند مٹھیوں کی طرف دیکھنے لگیں جن کے درمیان پتلی سی جھلی نظر آرہی تھی جنہوں نے انگلیوں کو الگ نہیں ہونے دیا تھا کچھ کی بھیگی آنکھیں اپنے پاؤں کی انگلیوں کے درمیان کی ایسی ہی جھلیوں کی طرف افسوس سے دیکھنے لگیں۔

''چلو اداس مت ہو۔ اپنے اپنے دلوں کے خالی کشکول میں ہم خود ہی چند پل کے سکھ بھرے سکے ڈالتے ہیں۔'' سریلی طنزیہ ہنسی کے درمیان بمشکل بولی۔

''مگر ہاتھ تو سب کے خالی ہیں بلکہ ہاتھ ہی کہاں ہیں؟'' وہ اپنی جھلی والی ہتھیلی سب کو دکھانے لگی اور باقی سب ایک دوسرے سے نظریں چرانے لگیں۔

''سنو !فرض کر لیتے ہیں کہ ہم یہاں سے نکل گئے ہیں۔ سب بتاؤ نکل کر پہلا کام کیا کروگی؟'' سبھی سوچنے لگیں۔

''میں تو اپنے لیے چھم چھم کرنے والی چاندی کی وہ پازیب خریدوں گی جس میں سبز رنگ کے نگینے لگے ہوں گے۔'' اس نے اپنے نازک پاؤں کو انگلیوں کی پوروں سے سہلا کر حسرت بھرے انداز میں کہا تو باقی مسکرادیں۔

''میں گرم کپڑے اور سر پر پہننے کے لیے سکارف خریدوں گی۔ نظر بھی تو آئے کہ میں مسلمان ہوں یہاں تو سبھی ننگی پڑی ہیں۔''

ہندو لڑکی نے یہ بات سن کر منہ بنالیا۔

''دین کو ظاہری حلیے تک محدود نہ کرو۔ دل اور حلیہ ایک جیسا نہ ہو تو اسے منافقت کہتے ہیں اور منافقت ننگے بدن سے بڑا گناہ ہے۔'' بدمزگی سے بچنے کے لیے ایک نے بات بدلی۔

''میں تو یہاں سے نکلتے ہی گڑیا خریدوں گی اور اسے صاف ستھرے کپڑے پہنا کر گندی جگہ سے ہمیشہ بچاؤں گی گڑیا تو پیاری ہوتی ہے اور پیاری چیزیں پیاری جگہ پر ہی بہت پیاری لگتی ہیں۔'' اس کے لہجے میں حسرت تھی۔

ایک نے افسردگی سے آسمان کی طرف دیکھتے ہوئے کہا۔

''میں تو خوشبو والا صابن خریدوں گی اور اس سے خوب رگڑ رگڑ کر نہاؤں گی اور منہ دھو کر پھر آئینہ دیکھوں گی۔ سنا ہے آئینے میں سب صاف نظر آتا ہے۔ اسی ڈر سے کبھی دیکھا ہی نہیں۔'' دوسری نے اسے چھیڑا۔

''ارے پگلی! یہ گندگی ایک صابن سے صاف نہیں ہوگی۔ اسے تو گنگا جل سے دھونا پڑے گا۔''

''دنیا میں اگر کوئی پانی مقدس ہے تو وہ زم زم ہے میں اس سے خود کو دھونے جاؤں گی کیونکہ میرے والدین کئی سال سے حج اور عمرے پر جاتے ہیں۔'' سب اسے طنزیہ نظروں سے دیکھ رہی تھیں۔

''توبہ توبہ کتنی نیک عورت ہے نا اس کی اماں؟ اور ابا تو بہت ہی پہنچا ہوا آدمی ہے، اس لیے تو اسے یہاں تک پہنچا دیا ہے۔''

''کب تک جاگتی رہوگی؟''

''روشنی تک۔ جب یہ کتے یہاں سے بھاگیں گے تب ہی سکون سے سو سکوں گی۔ یہ کتے تو کبھی بھی کاٹنے اور بھنبھوڑنے کے لیے تیار بیٹھے ہیں۔ انہیں ہماری ہی تو تلاش رہتی ہے۔ کتنے عجیب ہیں نا ہمارے والدین، کتوں کے رزق کی فکر رہتی ہے انہیں؟'' طنز بھرا بھیگا لہجہ بہت خالی خالی سا تھا۔

''تم کہاں جاؤ گی؟'' خاموش والی کی طرف سب سوالیہ انداز میں دیکھنے لگیں

''میں ماں کے پاس جاؤں گی اور ان سے کہوں گی ماں ایک بار اپنی آغوش میں بھر کر سینے سے لگا لو۔ میں بہت اچھی ہوں صابر شاکر اور بالکل خاموش۔ بھوک لگے گی تو ان کا دودھ نہیں مانگوں گی۔ رات کو بستر بھی گیلا نہیں کروں گی۔ بس کبھی کبھی جب بہت ڈر لگے تو ان کے سینے سے لپٹ کر خوف کو بھگاؤں گی۔ اتنی سی ماں تو وہ غیروں کی بھی بن جاتی ہیں۔ جب درس کے دوران کوئی یتیم بچی روتی ہے تو وہ سینے سے لپٹا لیتی ہیں نا؟'' سب کی آنکھیں برس رہی تھیں یہ خواہش تو سب کے ننھے دلوں میں موجود تھی۔

''چلو سب کا انٹرویو ہو گیا ہے۔ اب مل جل کر کل کے خواب دیکھنا شروع کرتے ہیں......اور ......اور......'' سب کے چہروں پر کرب پھیل گیا۔

''خواب؟'' ایک بڑبڑائی۔

''خواب کہاں سہیلیو؟ بھلا اتنے بدبودار ماحول میں ہم خواب دیکھ سکتے ہیں؟ خواب تو پرسکون اور گہری نیند کی ضمانت سے آتے ہیں۔'' سب نفی میں سر ہلانے لگیں۔

''مجھ سے بھی تو کوئی پوچھے کہ میں کیا خریدوں گی بازار سے؟'' گوری رنگت والی نے کہا تو سب ہمہ تن گوش ہو کر اسے دیکھنے لگیں۔

''میں اپنے لیے سفید جالی والا فراک لوں گی۔''

’’سچ کہوں تو تم پر خوب سجے گا بھی...... پسند تو مجھے بھی بہت ہے لیکن......‘‘ سب اسے دیکھنے لگیں۔

’’رنگت کالی ہو تو ہر رنگ اچھا لگتا ہے...... سفید کے علاوہ...... سفید کو گولی مارو۔تم کوئی اور رنگ خرید لینا۔‘‘ وہ اثبات میں سر ہلانے لگی۔

’’کتنا ظلم ہے نا؟ ان کے پاس ہمارے لیے سفید لباس بھی نہیں تھا۔‘‘

کتے بھونکنے لگے تھے۔

اور سب کی نظریں بے اختیار اس لمبی سڑک پر جم گئیں...... منتظر انداز میں اسپتال کی بیرونی دیوار کو تکتے ہوئے سب سوچ رہی تھیں۔

’’کاش کتے بلا وجہ بھونک رہے ہوں۔آج کی رات تو کوئی نہ آئے۔‘‘

لیکن جب بھی رات کے کسی پہر کتے بھونکتے تو کوئی نئی لڑکی ضرور وہاں آتی تھی۔

’’ارے یہ کیا؟‘‘ سب کی پھٹی پھٹی آنکھوں نے نا قابل یقین منظر دیکھا۔

کوئی آتو رہا تھا لیکن کئی سالوں کی ریت آج بدلی ہوئی تھی۔آنے والا تو ایک لڑکا تھا۔اس نے قریب آکر بد بو سے بچنے کے لیے ناک پر ہاتھ رکھ لیا تھا۔

’’بھیا! تم یہاں کیسے ؟‘‘ سب کی آنکھوں کا سوال گہری سانولی رنگت والی کے لبوں پر مچلا تو آنے والا دور سے پوچھنے لگا۔

’’سنو تم سب لڑکیاں اتنی گندی جگہ پر کیسے رہ رہی ہو؟ میں تو یہاں ایک پل بھی نہیں رہ سکوں گا۔‘‘ اس نے منہ پھلا رکھا تھا۔ایک نے طنزیہ انداز میں اسے دیکھا۔

’’پہلی باریوں کوئی تم جیسا آیا ہے۔وجہ پوچھنی تو بنتی ہے۔‘‘

وہ ادھر ادھر دیکھنے لگا۔

’’یہ کاغذ وہاں رکھ دو۔‘‘ سریلی نے لڑکے کو مخاطب کرتے ہوئے کہا تو لڑکے نے مڑ کر دیکھا وہاں کاغذوں کا ایک بڑا سا پلندہ پڑا تھا۔لڑکیوں نے وہیں بیٹھے بیٹھے ایک دوسرے کی طرف بھیگی آنکھوں سے دیکھا۔وہ سب آج بہت اداس تھیں۔

’’یہ انہونی کیسے ہوگئی؟‘‘ وہ تجسس بھرے انداز میں پوچھنے لگیں۔

’’ٹھہرو! ابھی دیکھتی ہوں، شاید حرامی ہے۔‘‘ سرگوشی سب نے سنی۔ایک آگے بڑھی اور کاغذات کے پلندے میں سے اس لڑکے کی سب سے اوپر رکھی فائل اٹھالی۔الٹرا ساؤنڈ کی اس فائل میں بچے کا وزن، پوزیشن اور عمر کے ساتھ جنس بھی لکھی تھی۔سب کو تجسس محسوس ہو رہا تھا۔انہیں لگا ’ناجائز‘ ہے لیکن ماں کے نام کے ساتھ زوجیت بھی لکھی تھی۔

''مطلب یہ ہوا کہ جائز ہے؟'' وہ پڑھتے ہوئے بڑبڑائی۔ پھر سب کے اصرار پر تیز آواز میں رزلٹ سنانے لگی۔

''رپورٹ کے مطابق تو لڑکی ہے۔'' سب اس لڑکے کو حیرانی سے گھورنے لگیں۔ وہ سر جھکا کر دھیمے لہجے میں بولا۔

''ڈاکٹر کی ذراسی غلطی سے آج کوڑے کے ڈھیر پر ہوں۔''

◀◀ ● ▶▶

● ناہید طاہر

مایا

میری چھوٹی سی دنیا......افلاس اور بے روزگاری نے میری اس دنیا کو اپنی بانہوں میں ایسے جکڑ رکھا تھا کہ زندگی کی تمام رونقیں اور چمک جیسے معدوم ہو کر رہ گئیں۔ بیوی کا ساتھ اور اس کا پیار میرے حوصلے کبھی پست ہونے نہیں دیتا تھا۔ بیوی ہر صبح مجھے اپنے پہلو سے جگا کر کام کی تلاش کے لیے بھیج دیتی ،شام جب میں تھکا ہارا ناامید لوٹتا تو وہ مسکرا کر مجھے اپنی بانہوں میں بھینچ لیتی۔ زندگی کی کشتی یوں ہی امید اور ناامیدی کے گرداب میں پھنسی ہوئی ہچکولے کھائے جا رہی تھی۔ دن رات کی پریشانی سے بچنے اور مکدر فضا کو خوشگوار بنانے کے لیے میں اکثر بیوی کو لے کر باہر گھومنے نکل جاتا۔ جب ہم سنہری شام جوہو ساحل سمندر پر ننگے پیر دوڑ رہے ہوتے اور وہاں کسی ٹھیلہ سے سستی سی بھیل پوری، چٹ پٹا چاٹ کھانے لگتے تو بیوی کی تمام اداسی ختم ہو جاتی اور واپسی میں، میری بیوی سکوٹی چلا رہی ہوتی میں اس کی کمر کے گرد بانہوں کا دائرہ تنگ کیے بیٹھا رہتا۔ سکوٹی کی رفتار تیس سے آگے نہیں بڑھتی، کیونکہ اس سے تیز رفتار وہ کبھی نہیں چلاتی تھی۔ میں کبھی اکتا جاتا یا پھر وقفے وقفے سے میری انگلیاں شرارت سے مچل اٹھتیں......ساتھ ہی اس کے کاندھے پر سر رکھے رومان خیز انداز میں گنگنانے لگتا تو وہ بھی میری گنگناہٹ میں شامل، کھلکھلا کر ہنستی چلی جاتی اس کی یہ کھلکھلاہٹ تیز ہونے لگتی جب میں اس کے بدن کو گدگدانے لگتا۔ یوں تو زیست نے بے شمار آزمائشیں بخشیں تھیں۔ اس کے باوجود مجھے اپنی بیوی رب العالمین کی طرف سے ایک بہترین تحفہ نظر آتی اس بات کا شکر ادا کرتے ہوئے میری زبان نہیں تھکتی تھی۔

کچھ عرصہ بعد مجھے جاب مل گئی۔ اس کے ساتھ ہی زندگی کی ان چھوٹی چھوٹی خوشیوں کو کسی کی نظر لگ گئی۔ کسی نے جیسے میری زندگی کی بہتی پرسکون ندیا میں کنکر پھینکا تھا جس کی وجہ سے ایک تلاطم برپا ہوا۔ بیوی اور خوشیاں اس تلاطم امواج میں بہتی چلی گئیں۔

حادثات کہیں بھی کسی بھی وقت رونما ہو سکتے ہیں، چاہے وہ خطرناک ہوں یا حسین وخوشگوار۔ سوشل میڈیا کے ذریعے ایک شب کوئی 'مایا' نامی لڑکی نے دوستی کی پہل کرتی ہوئی سلام بھیجا۔ وہ دہلی کی رہنے والی تھی۔ میں پتہ نہیں کن کمزور لمحات کے تحت اس کے نفسیات کا شکار بن بیٹھا۔ لفظوں کا کھیل کھیلنے میں وہ بہت ماہر تھی۔ دل پر دستک لگا کر دلوں سے کھیلنا بھی اسے خوب آتا تھا اس نے جم کے بازی کھیلی اور جیت حاصل کرتی

رہی اور میں مسلسل ہارتا چلا گیا۔شاید اس کی اپنی زندگی کی نہ کام حسرتیں تھیں جو وہ ان لمحاتی دوستی کے ذریعے مکمل کرنے کی آرزو لیے کسی شمع کی طرح جلتی چلی جارہی تھی۔اضطراب، خالی پن، محرومیوں سے اس کی گہری آشنائی تھی۔اس کے دل اور روح پر کئی چھالے اور زخم تھے۔جنہیں محبت کے مرہم کی ضرورت تھی۔مگر اسے حلال ،حرام کی بہت تمیز تھی جس کی وجہ سے وہ ان کاغذی پھولوں سے اجتناب کرتی۔ سوائے شوہر کے کسی اور کو اپنی محبت کے قابل سمجھنا،اس کے نزدیک گناہ عظیم اور سب سے بڑی خیانت تھی۔اس کا دامن کچھ ایسی محرومیوں سے پُر تھا،جن کی وحشتوں تلے وہ کبھی کبھی پاگل ہوجاتی اور مسلسل کئی کئی دن تک روتی رہتی۔وہ ان وحشت زدہ دائروں سے فرار تو چاہتی تھی ،لیکن اپنے اس دائرے سے کبھی باہر نکلنا اس کو گوارہ بھی نہ تھا۔گفتگو کے رنگ ہرز اویہ کو چھوکر عروج حاصل کرتے تب اچانک وہ خود اس کھیل سے بیزار کھٹ سے آف لائن ہوجاتی۔اس کا ذہن اور دل دونوں ہی منتشر تھے۔اس کی آواز میں بے پناہ درد پوشیدہ تھا۔وہ محرومیاں کا بوجھ اٹھائے تلخ سفاک لگتی تو کبھی پھولوں کی طرح ملائم۔میری بیوی محبت جیسے جذبے سے تہی دامن میرے قصردل کی سیڑھیاں تیزی سے اترتی چلی گئی،جتنی تیزی سے مایا ان سیڑھیوں کو پھلانگ کر میرے دل تک پہنچی تھی۔

مایا نے کئی داستانیں سنائیں...... ہر داستان میں اس نے دل توڑا تھا......وہ صرف اپنی بے قراریوں کا قرار ڈھونڈتی رہتی تھی۔دلچسپ داستان سنا کر جب وہ قہقہے لگاتی تو اس کے یہ قہقہے بالکل کھوکھلے ہوتے۔ایسا لگتا تھا وہ بھی کہیں نہ کہیں مٹ چکی......فنا ہوچکی ہے۔میرا خیال تھا کہ مایا دلوں سے کھیل کر اپنی ادھوری اور کھوکھلی محبت کی تشنگی کو سیراب کرنا چاہتی تھی یا اپنے کھوئے ہوئے احساسات کو پانے کی کوشش......!

مایا جیسے میری مشیر تھی۔اس کیدماغ میں بے شمار بتیاں روشن تھیں۔زندگی کا فلسفہ،تجربہ،مشکلات اوران کا حل اس کے پاس موجود ہوتا۔وہ خود کو سائیکاٹرسٹ کہتی تھی۔اس نے اپنی زندگی میں بہتوں کی بہتر رہبری اور علاج کیا تھا،لیکن ذاتی زندگی میں وہ خود ڈپریشن کا شکار تھی۔اسکی دبی دبی سرگوشیاں،کبھی بے نام سی خموشیاں اور کبھی سسکیاں جو وہ اپنی زیست کی گھٹن آمیز ماحول سے گھبرا کر میرے گوش گوار کردیتی۔

مایا میں اتنی خوبیاں تھیں کہ میں اس کی قابلیت پر حیران رہ جاتا۔گھڑسواری، کارڈرئیونگ،سنگنگ کے ساتھ ساتھ وہ ادبی ذوق بھی رکھتی تھی۔اس نے کئی نظمیں بھی لکھی تھیں۔اکثر راتوں کا ایک طویل حصہ ندیم قاسمی کی رومانوی اشعار کے نظر ہوجاتا یا پھر یاسیت میں ڈوبی شاعری۔اس کا بس چلتا تو وہ مکمل رات مجھ سے ندیم قاسمی کا کلام سنتی لیکن میں مجبور تھا جو اس کی آرزو کی تکمیل نہیں کر پاتا۔مجھے بیوی کے حقوق بھی تو نبھانے ہوتے۔جب بھی میں کوئی تخلیق لکھتا وہ اس پر کئی گھنٹے تبصرہ اور تبادلہء خیال کرتی۔مجھے تعجب ہوتا جب وہ میری ہر تازہ تخلیق پر اپنا قیمتی وقت صرف کرتی۔میں ہنس کر کہتا۔

''کیوں اپنا قیمتی وقت ضائع کرتی ہو؟''

''بس ایسے ہی...... یا کبھی کہہ دیتی۔'' آپ دل کے قریب ہیں، ورنہ تو میں کسی کی تخلیقات پڑھتی بھی نہیں۔ میں نے اپنے آفس کے سسٹم پر آپ کے نام کا پاسورڈ رکھا ہے۔ یقین کرلیں۔'' یہ انکشاف واقعی بہت خوب صورت تھا۔ میں متاثر ہوا۔

''رات گہری ہوگئی ہے، اب آپ سوجائیں!'' وہ کہتی لیکن اس کی باتیں ختم ہی نہیں ہوتی تھیں۔ جب وہ شب بخیر کہہ دیتی تو میں بے قرار ہو جاتا۔ بالکونی میں چلا آتا، بے شمار سگریٹ پھونکنے کے باوجود میرے سینے کی تپش میں کوئی کمی نہ آتی، تب میں بڑی بے بسی سے بال نوچتا ہوا سسک اٹھتا۔ میں جیسے مکمل پاگل ہو گیا تھا۔ اس سائیکاٹرسٹ کو بے پناہ چاہت سے نواز کر خود کی نگاہوں میں شرمندہ تھا۔ جب کہ مجھے یہ احساس تھا کہ مایا کی محبت وقت گزاری اور ایک سراب کے سوا کچھ نہیں ہے۔ وہ تو اپنی وحشتوں سے گھبرا کر دل کا سکون تلاش کرتی ہوئی مجھ تک پہنچی تھی۔ اس نے خود اقرار کیا تھا کہ وہ کسی سے پیار نہیں کرسکتی...... کسی سے دوستی قائم نہیں رکھ سکتی۔ اگر کوئی مسلسل رابطے میں رہا تو اس کا دماغ پھٹنے لگتا ہے۔ وہ تو صرف اپنے دکھی دل کی تسکین چاہتی تھی۔ اس نے خود ہی کہاں تھا کہ وہ کبھی بھی اس کی زندگی سے غائب ہوسکتی ہے کیونکہ وہ آدم بیزار بھی ہے۔ میں بہت منتشر تھا۔ میری زندگی بکھر کر رہ گئی تھی۔ ایک دن میں نے پاگل پن کی حد کردی اور بیوی کو اس کے میکے چھوڑ آیا۔ جب اس بات کی آگاہی ہوئی تو مایا حیران رہ گئی۔ اس نے ایک دن اچانک ترکِ تعلق کرلیا۔ بقول اس کے'' میرے گناہوں کی وجہ سے دنیا پر مصیبت چھارہی ہے۔ مجھے تمام رابطے منقطع کرنا ہوگا۔'' دلوں میں اپنے تئیں محبت کی چنگاریاں سلگا کر وہ اپنی محرومیاں تاپنے کی عادی تھی۔ اسے صحراؤں کی خاک چھانتے ہوئے خود کو سراب بنا کر مسافروں کو اپنے پیچھے دوڑانے میں لطف آتا تھا۔ جب مسافر پیاس کی شدت سے دم توڑ دیتا تب وہ سفاکی سے سراب بن کر کہیں تحلیل ہو جاتی۔

میں صرف ایک مرتبہ اس سے ملاقات کرنا چاہتا تھا...... اسے دیکھنا چاہتا تھا...... چھو کر احساس کرنا چاہتا تھا کہ حقیقت میں وہ انسان ہی ہے یا کسی اور جہاں کی مخلوق؟ اس سانحہ کے بعد میں نے کسی سے دوستی نہیں کی...... کسی کو اپنے قریب آنے کی اجازت نہیں دی۔ گویا میرے وجود کے گرد ایک دیوار سی بن گئی تھی جس کے اندر میں قید ہو کر رہ گیا۔

ایک دن اچانک مجھے دہلی جانے کا اتفاق ہوا جہاں وہ مقیم تھی۔ آفس کا کچھ کام آ گیا تھا۔ میں نے لاکھ انکار کیا لیکن حالات نے مجھے مجبور کر دیا۔ اگر نہیں جاتا تو میری جاب بھی جاسکتی تھی۔ رات کی فلائیٹ تھی۔ ساڑھے نو بجے میں وہاں پہنچا۔ صبح اٹھا تو وقت دیکھا ساڑھے سات بج رہے تھے۔ آفس میٹنگ گیارہ بجے تھی۔ میرے دل کے کسی گوشے میں ابھی تک اس کی یادیں زندہ تھیں سو میں نے نہا دھو کر ان راستوں کی کھوج میں نکل گیا جو اس نے کبھی بتائے تھے۔ وہاں گھنے درختوں سے آراستہ ایک بہت بڑی

عمارت کھڑی تھی جو سرمئی رنگوں سے مزین تھی۔

''مجھے سرمئی رنگ بہت پسند ہے۔ میرا آشیانہ بھی سرمئی رنگوں سے سجا ہے۔'' اس کی آواز ذہن کے کسی گوشے سے نکل کر جیسے سماعت سے آٹکرائی۔ میں نے ایک جھرجھری سی لی۔ سامنے بڑا سا بورڈ نظر آیا۔ میں نے کپکپاتے قدموں تلے گیٹ سے داخل ہوتا ہوا لان کے احاطے میں قدم رکھا۔ جہاں درختوں کے پتے ہولے ہولے جھول رہے تھے اور ان سے خوفناک سی سرسراہٹ پیدا ہو رہی تھی۔ سیکورٹی نے مجھے روک لیا۔

''آپ کو کس سے ملنا ہے؟''

''ما......یا...... مجھے مایا سے ملنا ہے۔'' میرا گلا پتا نہیں کیوں خشک ہو رہا تھا۔

''اوہ......!'' اس نے عجیب انداز میں مسکراتے ہوئے کہا۔

''آپ آگے اس لاؤنج سے گزر جائیں ایک ویٹنگ لاؤنج نظر آئے گا۔ بس وہاں دائیں جانب کاونٹر پر اپنی تفصیل درج کروا دیں۔ آپ کو اجازت مل جائے گی۔'' میں نے ماتھے کا پسینہ خشک کیا اور آگے بڑھ گیا۔ لاؤنج میں شیشوں سے مزین خوب صورت کھڑکیوں سے صبح کی کچی دھوپ میری ادھوری محبت کی طرح لرزتی دکھائی دی جو خنکی کے قہر پر قابو پانے پر نا اہل ثابت ہو رہی تھی۔ میں نے کاؤنٹر پر مایا کی تفصیل درج کروائی اور ساتھ ہی اپنی بھی۔ ایک کارڈ دیا گیا جس پر 'ملاقاتی نمبر سترہ' لکھا ہوا تھا۔ میں نے سوالیہ انداز سے کارڈ اور اس شخص کو دیکھا تو کاؤنٹر پر کھڑا شخص معنی خیز انداز میں مسکرانے لگا۔ میں سمجھنے سے قاصر تھا۔

''آپ مایا کو جانتے ہیں؟''

''وہ سائیکاٹرسٹ ہے؟'' میں نے دھیمی آواز میں کہا

''وہ فلسفی ہے۔'' اس شخص نے اپنے پیلے دانتوں کی نمائش کرتا ہوا کہا۔ جواب میں میں نے ماتھے کا پسینہ خشک کیا اور نظریں چرائی۔

''کیا آپ کو بھی اس سے محبت ہوگئی؟''

''کیا مطلب؟'' جواب میں اس شخص نے تمسخرانہ انداز میں میری طرف دیکھا اور سر کو خفیف انداز میں جھٹکا دیتے ہوئے نہایت سرد لہجے میں ایڈرس سمجھانے لگا۔

''آپ دائیں سے ہوتے ہوئے بائیں مڑ جائیں۔ کچھ ہی دوری پر اس کا کمرہ نظر آئے گا۔ لیکن آپ کے پاس صرف چند منٹ ہیں۔ ملاقات کا وقت ساڑھے نو بجے ختم ہو جائے گا۔'' میں نے بے اختیار اپنی رسٹ واچ میں وقت دیکھا نو بج کر بیس منٹ ہو رہے تھے۔ میں نے بہت سوچا کے واپس پلٹ جاؤں لیکن دل کے ہاتھوں مجبور آگے بڑھا۔ پیچھے سے اس شخص کی بدبداہٹ میری سماعت سے آٹکرائی۔

''پاگل!!''

سامنے سفید شفاف پردوں سے گھیرا ایک کمرہ نظر آیا۔ میں نے اندر جھانک کر دیکھا۔ دوسرے ہی پل میرے رونگٹے کھڑے ہو گئے۔ اس کے اردگرد مشینوں اور تاروں کا ایک جال بچھا ہوا نظر آیا۔ شاید اسے الیکٹرک شاک بھی دیا گیا تھا۔ اس کا مکمل جسم کمزور دکھائی دیا۔ ''مایا!'' میں نے دھیرے سے آواز دی اور اپنی نم آنکھوں سے اسے دیکھنے لگا۔

''پہچانا مجھے؟'' مایا کی آنکھوں میں آشنائی کے رنگ چھلک آئے۔

''کیوں آئے ہو؟'' اس کی خوبصورت آواز ہمیشہ کی طرح سماعت میں رس گھول گئی۔

''تمہیں کیا ہو گیا؟'' میرے اندر مچلتے ہوئے کرب نے لفظوں کو نمی بخشی۔ میرے استفسار کو اس نے یکسر نظرانداز کرتے ہوئے سرد لہجے میں دوبارہ اپنا سوال دہرایا۔ کچھ توقف بعد کمزور آواز میں گویا ہوئی۔

''میں بیمار ہوں۔ اس سرمئی آشیانہ میں گزشتہ کئی سالوں سے قید ہوں۔ میرے پاس آپ کو دینے کے لیے کچھ بھی نہیں ہے۔ اب تو مجھ سے میرا موبائل بھی چھین لیا گیا ہے۔'' اس کے لہجے کی بے بسی نے مجھے جھنجھوڑ کر رکھ دیا۔

''آپ...... یہاں سے...... چلے......'' اچانک اس کی آواز ہمیشہ کی طرح ٹوٹنے لگی۔ اس نے بہت کوشش کی لیکن الفاظ نے ساتھ نہیں دیا اور وہ گونگی بن کر بھیگی پلکیں جھپکانے لگی۔ اس کی آنکھوں میں نہ محبتیں تھیں اور نا ہی انسیت...... ہجر کا کوئی کمزور دیا بھی جلتا دکھائی نہ دیا۔ وہ سچ ہی کہتی تھی کہ اسے کسی سے محبت نہیں۔ میری بے تاب نگاہیں اس کی نگاہوں کی سرد مہری کے حصار کو توڑنے میں ناکام رہیں۔ میں نے پژمردہ وجود کے ساتھ اپنا رخ پھیر لیا۔

''مایا...... پاگل...... سترہ!'' اس کی نقاہت میں ڈوبی آواز میری سماعت سے ٹکرائی۔ میں دوڑتا ہوا وہاں سے باہر نکل آیا۔ مجھے اس دماغی ہسپتال میں اپنا دم گھٹتا ہوا محسوس ہو رہا تھا۔ میں نے زندگی کے کئی خوبصورت دن کھو دیئے تھے جن کا ازالہ بھی باقی تھا۔

● فاطمہ عثمان زاھد

بیم ورجا

وہ بچپن سے ہی اس کے ساتھ تھا۔ وہ دونوں ایک دوسرے کو خوب پہچانتے تھے، خوب جانتے تھے۔ جب وہ ہنستی، وہ اس پر حاوی ہو جاتا...... اور جب وہ اکیلی ہوتی تب بھی وہ اس کے ساتھ ہی رہتا تھا۔ وہ دونوں ایک دوسرے کے ساتھ پل کر جوان ہوئے تھے...... فرق بس اتنا تھا کہ اب وہ اسے اپنے وجود میں چھپا سکتی تھی...... اسے چھپانا آتا تھا۔ اب وہ سرکشی کے لبادے میں اسے ڈھانپ لیتی تھی۔ لوگ جو چاہتے اسے کہتے رہتے۔ اب وہ کسی کی پرواہ نہیں کرتی تھی۔ اس کی اماں کہتی "رجا! اپنے آپ سے باہر نہ ہوا کر...... لوگ کیا کہیں گے...... کسی اچھے گھر میں تیری شادی نہیں ہوگی۔"

اور وہ کہتی مجھے نہیں کرنی شادی...... کتنی بار سمجھاتی وہ اپنی اماں کو مگر وہ نہیں سمجھتی تھیں۔ کبھی کوئی رشتہ لے آتیں، کبھی رشتے کرانے والی کے گھر کے چکر لگاتیں۔ اگر کوئی رجا کو دیکھنے آجاتا تو پہلے وہ کمرے میں تیار ہونے کے بہانے بند رہتی اور بعد میں مہمانوں کے سامنے آکر ایسا برتاؤ کرتی کہ دوبارہ اس گھر کی دہلیز پہ وہ قدم نہ رکھتے۔ اماں بیچاری کو پتہ بھی نہ چلتا کہ رجا کمرے میں اس کے ساتھ وقت گزار کے آئی تھی۔ اس کی بات کو رجا ایسے مانتی تھی جیسے کسی الہامی کتاب کی آیت۔ وہ جو کہتا تھا وہ اسی طرح کرتی تھی...... اور کیوں نہ مانتی اس کی ہر بات۔ بچپن میں سب لوگوں نے مل کر جب اس کی اماں کو دلہن بنایا تھا تب وہی اس کا دلاسہ بنا تھا۔

پھر رجا کو جب سوتیلے باپ کی چیرتی پھاڑتی محبت سہنی پڑی تھی، تب بھی وہی اسے سنبھالتا تھا اور سمجھاتا رہتا تھا کہ چپ رہے گی تو سب صحیح ہو جائے گا ورنہ اماں تو اس کو مار ہی ڈالے گی۔ لہذا رات وہ اس کے دامن میں منہ چھپا کر رو لیتی اور صبح ڈھٹائی سے جی گزارتی۔

اب وہ کیسے اماں کے کہنے پر اسے چھوڑ کر، اس کی نافرمانی کر کے شادی کر لیتی۔

آج وہ آئینے کے سامنے کھڑی تھی۔ اماں رہی تھی نہ اماں کا شوہر۔ رجا کی عمر ڈھل گئی تھی مگر وہ آج بھی جوان تھا۔ وہ آج بھی اس پر ایسے ہی حاوی ہو جاتا جیسے بچپن میں وہ اس سے اپنی ہر جائز ناجائز بات منوایا کرتا تھا...... بیشک وہ کمزور ہو گئی تھی مگر وہ تو مضبوط تھا۔

یہ خوف ہی تو تھا جو اس کا اپنا تھا۔

یہی خوف جس نے اس کے سامنے جنم لیا تھا اور اس کے ساتھ ہی پھلتا پھولتا رہا تھا-صرف اسی کو حق تھا کہ وہ اپنی مرضی رجا پر مسلط کرتا یا پھر اس کی مرضی کا گلا گھونٹ دیتا۔

وہ بہر حال رجا کا اپنا تھا-

آج وہ اپنے خوف کے دامن میں بڑھاپے کو جنم دینے جا رہی تھی-